Gaea

GAEA

陰間

After world 3

〔捉迷藏〕

星子——著

陰間

After world 3

捉迷藏

目錄

第一章　沒有窗的小房間……5
第二章　捉迷藏……13
第三章　衣櫃……43
第四章　臨門一腳……69

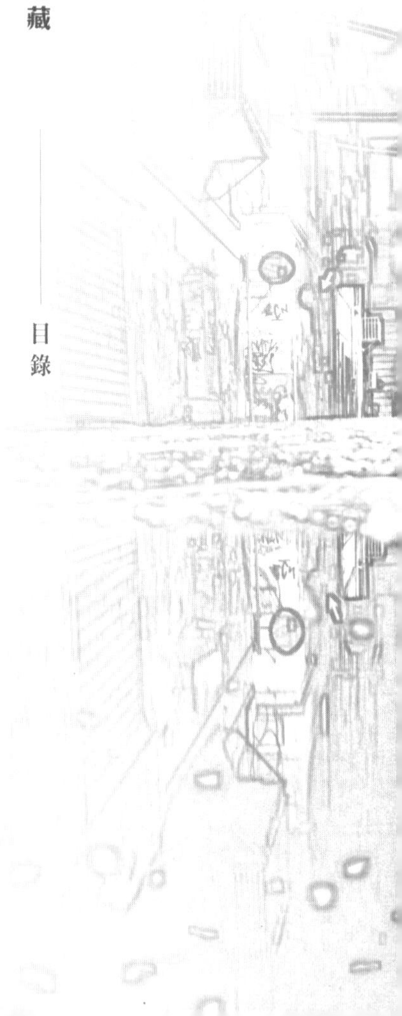

第五章　上身　85
第六章　小香包　115
第七章　鬧房　139
第八章　黑鬼頭和紅方塊　155
第九章　單騎獨行　177
第十章　烽煙四起　195
第十一章　牛頭超人　219
第十二章　眞的沒有偷尿尿　235
後記／星子　243
新版後記／星子　247

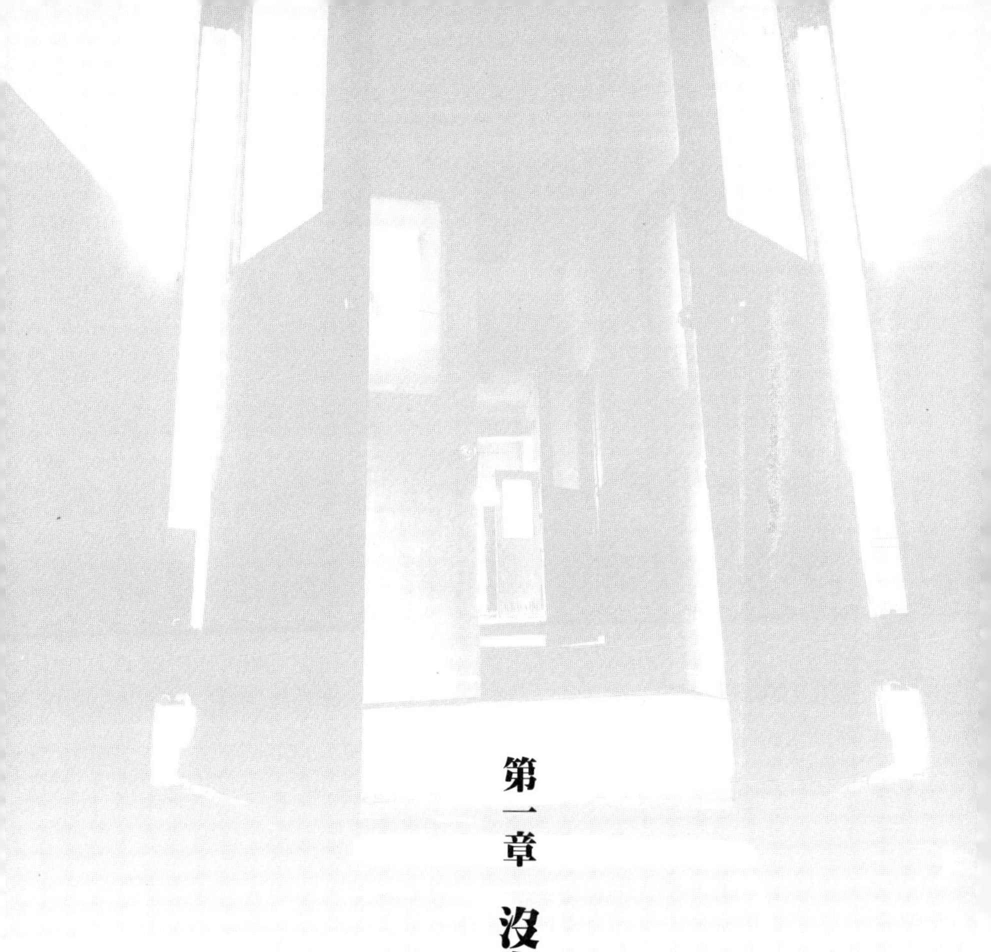

第一章　沒有窗的小房間

這個房間沒有窗。

天花板上垂掛著的一盞黃色小燈像是壞了，不時閃爍。

三坪大的空間裡，瀰漫著奇異的線香氣味。

一個四十來歲的婦人，雙手按在一張褐紅色的木桌上，她眼神呆滯，嘴巴微張，身子微微發起了顫抖。

婦人額頭冒起冷汗，身上顫抖逐漸加劇，雙眼直勾勾地向上翻著白眼，眼白緩緩漫起青色的血絲。

喀啦喀啦，婦人座下那長腳鐵板凳也隨著她身子顫抖而震動起來，婦人高仰起頭，喉間滾動出奇異的聲音，那聲調聽來像是一隻沙啞的老貓，又像是頻率對不準的老收音機。

婦人頭臉汗如雨下，整件紅色襯衫讓汗水浸濕了一大半。

接著，顫抖停止。

婦人將高仰的頭垂下，張開的嘴巴闔上，翻白的眼瞳子也落了下來，但雙瞳卻不是平時的褐黑色，而是奇異的青色。

婦人像是變了個人般地扭扭頭，甩甩手，露出幾分詭譎神色。

「東西都齊了?」婦人用一種古怪的口音喃喃自語著，目光掃視整張紅木老桌，檢視著桌上那一排東西，正中央擺著一張正方形的黃紙，紙面粗糙厚實；右手邊擺著毛筆和硯台，還有一小杯黑色墨汁，那杯子底部積著一層灰色如同沙土般的東西；左手邊，則擺著一只陶瓷圓盤，圓盤上有塊摺得方正的白布；圓盤旁，還有一小杯紅色液體，那是硃砂混合上雞血、狗血、豬血和人血之後的綜合液體。

「還有最重要的東西呀……」婦人弓著背站起身，伸長了手取來擺在桌角的那只紅布袋，揭開一看，點了點頭。「都準備好了，可以開始啦……」

此時的婦人，看來就像是個高齡老者，她將紅布袋放下，將那小杯墨汁拿到眼前晃了晃、瞧了瞧，她晃晃不勻那杯底的積灰，便捏起桌邊幾支線香伸進杯子裡攪了攪，讓那積灰盡量混入墨汁。

她將混勻了的墨汁倒入硯台，取毛筆蘸墨，在那正方黃紙上畫起了圖。

她先是畫了一道線條簡單的古門，又在那古門左右兩邊各畫上一隻惡鬼，兩鬼面貌猙獰，雙腳戴著鐐銬，手上持著三尖叉，一副看門守衛的模樣。跟著她在那方紙的角落寫起文字，像是咒文又像是號令，婦人運筆飛快，不一會兒就將整張黃紙寫得密密麻麻。

她放下筆，取起另一邊的硃砂血，同樣以線香攪勻，再將那硃砂血倒在陶瓷盤子白布巾上，白布瞬間染得通紅一片。

婦人又拿起那紅布袋，從裡頭取出一個木頭印章，那木章約莫棒球大小，拿在手上沉甸甸的。她拿著印章在那染紅了的布印泥上壓了兩下，取起來瞧瞧、嗅嗅，又按上紅布印泥多壓了幾下，才在那畫著古門和惡鬼的黃紙上重重蓋下。

婦人緊緊按著那古木印章好一會兒才揭開印章，只見那紅印印得工整鮮明，她隨手將印章擱在桌上，拿起那黃紙左看看、右看看，最後，她滿意地將黃紙放回木桌，雙手垂下，長長吁了一口氣。

「喲呵，造好囉……」

婦人說出這最後幾個字，一陣顫抖，眼皮漸漸闔上，身子一軟，搖搖晃晃地就要向一旁倒下，但她突然回神，噫呀一聲扶住老桌，穩住身子。

婦人站了起來，先是拭了拭額頭上的汗，接著捏起桌上那張黃紙，再次仔細端詳好一會兒，像是十分滿意。她笑呵呵地將那木頭印章收回紅布袋裡，將木桌上的東西收拾乾淨，然後來到房間角落，那兒有張矮木桌，供著兩、三塊漆黑色的牌位，牌位上沒有字。

婦人點燃三支線香，虔誠地向那幾塊牌位禱拜著，口中唸唸有詞。

「大人，我會照您的意思辦的，以後也請大人多多關照……我這些天就燒些東西下去孝敬大人您。」

婦人拈著線香插上那黝黑小爐裡，神情一下子輕鬆許多，她回到老木桌前，將那張畫著古門的黃紙摺疊兩次，摺成長形紙條，放入一只紅包袋中。

婦人拿著那紅包袋來到牆邊，在牆面上摸索一番，拉開一道拉門，走出了這瀰漫著線香氣味的昏暗小房間。

昏暗小房間外頭，仍然是個昏暗小房間，但沒有香爐也沒有供桌，看來像是儲物室，裡面堆著一些裝箱雜物。

婦人開門走出儲物室，外頭的裝潢高貴雅致，氣氛和剛剛那充滿線香氣味的無窗小房間全然不同。

婦人洗了個澡，換上一套知名房地產公司的仲介制服，上了些薄妝，準備出門。她不忘將那裝有黃紙的紅包袋放入提包中。

她走出豪華獨棟透天公寓，來到街上，招了輛計程車，一面按著手機，一面開門上車。

「張小姐嗎?我是和妳聯絡過的何小姐,我現在準備上妳那去了,大約十五分鐘後到。」

此時的婦人顯得精明幹練,一副時尚都會上班族模樣,和剛才那弓著背畫符唸咒的模樣截然不同,她一面對著手機講著專業房產術語,一面望著窗外街景,露出爽朗笑容。

十五分鐘後,計程車在一處巷子口外停下。

婦人刻意提早下車,她想要走這一段路。這附近的房子她都極感興趣,巷子裡這片看來不起眼的老房子,在某些專業人士眼中,全都是閃亮亮的黃金珠寶。

她走馬看花地打量一棟又一棟老房子,最後,終於來到了那超過四十年屋齡的獨棟透天公寓前。

她不由得揭開提袋朝袋裡望了一眼。雖然她出門前確實將那紅包袋放入了提袋中,但此時仍然忍不住做了最後的確認動作,她望見提袋裡的紅包袋就夾在手機和記事本間,便放心了。

她抬起手,露出親切的微笑,按下門鈴。

第二章　捉迷藏

颱風剛過幾天，上午下了場雨，讓窗子外的朗朗陽光看來不那麼燥熱逼人。

思文倚著一張軟墊，望著身旁那微張著嘴巴、熟熟睡著的四歲小男孩。

小男孩此時渾圓透紅的睡臉似乎就像是電影裡的小天使一樣，不只這小男孩，數坪大小的房間裡，還有三個差不多年紀的孩子，或伏或臥地各自躺在巧拼軟墊地板上，抱著娃娃和玩具午睡。

此時的他們都像小天使，抖抖身子就會滑出雪白的小翅膀，跳兩下便會騰空浮起，吟唱起宜人悅耳的詩歌——

當然，僅限於熟睡時。

這個年紀的小孩每天都在成長，心智漸漸浮現出雛形，但還未接受正式的學校教育。他們就像是一群剛開始磨牙的小貓、小狗，對任何事情都抱著無比的好奇心。

思文挪了挪身子，伸了個懶腰，百無聊賴地看看手機又看看睡得東倒西歪的四個小孩。照顧這四個傢伙是她的工作，她不是專任的幼稚園老師，這地方也不是政府立案的幼稚園。

這是附近街坊張大姊的主意，是份類似到府保姆之類的工作。

張大姊比思文大上十來歲，今年初離了婚，不久前找到一份還算不錯的工作，但她那將近五歲的兒子小奇便不知道要讓誰照顧了，張大姊本來打算送小奇上幼稚園，順便讓他補個語文、學點才藝，好讓他上小學時別差人一截。

但剛離婚的張大姊，經濟狀況並不算好，算了算那些才藝班、幼稚園的註冊費、月費、學雜費等雜七雜八的費用，一個學期下來可是筆大開銷。

張大姊知道住在她家附近的思文大學讀的是幼保科系，剛畢業不久，正打算找份正職工作。她便打起這個如意算盤，慫恿住在附近的某位鄰人好友，要她別再將孩子送去幼稚園，乾脆讓思文接手到府保姆兼家教，替她們照顧小孩，順便教兩句英語會話。

起初思文不太樂意，畢竟這份工作不夠正式，無法在求職履歷表上替自己增加太多分數，但是當張大姊又拉了同條街上的溫太太和李嬸，一共四個小孩，酬勞也增加成原本的兩倍時，思文便有些心動了。

比起在幼稚園當正式老師，一個人帶一個班，她只要照顧四個街坊小孩，且保姆費按人頭計算，再加上每天兩小時的英語教學津貼，這可要比大學剛畢業的她所能找到的任何工作都要優渥太多。

而上班地點就在她家隔壁巷子裡一處獨棟透天公寓，那是張大姊家，思文對這地方一點也不陌生，她小時候也常來張大姊家玩，那時候的她可是個吃冰淇淋會弄得全身黏呼呼的小呆妹；而那時候的張大姊則是個留著清湯掛麵髮型的清純高中生。

十多年過去，思文大學畢業，小呆妹變成社會新鮮人；張大姊也從當年街頭巷尾人盡皆知的校花妹妹，變成失婚婦女，獨自一人照料著兒子小奇。

總之對於思文而言，張大姊家也是個充滿了往昔回憶的美好地方，和人力銀行網站上那些血汗職缺比起來，這件酬勞優渥兼且沒有通勤壓力的工作，讓思文再也找不到拒絕的理由。

思文剛接下這份工作時的第二週，和兩個大學死黨聚餐，她們可羨慕死思文這份工作了。她們兩人的薪水相加，也只比思文多了幾千塊，若是再扣掉通勤車資，那更是相差無幾了，且還要戰戰兢兢地面對公司主管和前輩的諄諄教誨。

我啊，只要每天跟那些小天使玩，說故事給他們聽，再教他們幾個英文單字，一天就過去了，媽媽們聽他們的小孩開口說英語，都高興死了，說我好會教。

當時思文得意洋洋地這麼說。

如今是她接下這份工作的第三個禮拜，她開始感到事情沒有想像中那麼簡單，懷疑剛接下這份工作的那幾天中，和小天使們玩耍的記憶畫面，似乎只是自己的想像而已。

因為小天使一個個變成了難纏的小討債。

張大姊那將近五歲的兒子小奇，是四人中脾氣最倔強的小子，他會因為思文說的故事情節不合他的意，便發起脾氣。他要求思文更改故事情節，他不喜歡故事的結局停留在「王子跟公主快快樂樂地結婚，過著幸福美滿的日子」這樣的句點上，他想知道王子和公主結婚之後會做些什麼，他想聽王子跟公主吵架，他想要公主和王子打架。

但思文不可能這麼說故事，那會嚇哭那個剛過完三歲生日的溫溫，溫溫看見蟲子會嚇哭，聽鬼故事會嚇哭，聽見鞭炮聲會嚇哭，大人講話稍微大聲一點也會嚇哭，除此之外，還有一百幾十種狀況能夠嚇哭她，而這陣子最常嚇哭溫溫的，就是小奇和美花有意無意對她的惡作劇。

美花和小奇年紀相若，性格頑劣調皮，她有時會在思文面前裝乖，但思文一不注意，她就會找機會挑釁小奇。她喜歡和小奇吵架，也喜歡逗弄溫溫和滿福，看他們慌亂跳腳的樣子，不同於愛哭的溫溫，她在這地方上課以來只哭過一次，是和小奇打架打哭的，因為她說小奇的爸爸是「豬哥」，所以才會跟別的女人跑。

至於滿福，年紀比小奇和美花略小些，四歲多一點。滿福圓滾滾的，十分貪吃，甚至於有些過胖，他的個性溫吞聽話，思文要他睡就睡，要他站就站，但在某些時候，他或許是四個小孩裡最麻煩的一個，因爲他常常會莫名地大小便在褲子上，這會嚇哭溫溫，會惹得小奇暴跳如雷說滿福又弄髒他家了，且會被美花一直取笑、一直取笑、一直取笑，直到哭出來爲止，滿福一哭，溫溫又要跟著哭，然後小奇又要發飆了。

或許是天底下沒有白吃的午餐，思文這份工作上的優勢，來自於街坊鄰居對她的信任，相對地她以「文文姊姊」的身分帶這四個小孩，少了份身爲老師的威嚴，小奇他們一點也不害怕這個說話總是輕聲細語的文文姊姊，扣除掉剛開始相處時的那份羞澀禮貌，沒多久，小毛頭們可愛臉蛋裡頭的頑劣習性便像勝選後的政客一樣原形畢露了。

思文揉著頸子站起，舒展著身子走出房間，她上了趟廁所，跟著繞進廚房，推開後門，走入後院。

這獨棟透天公寓十分大，有五層樓，在她小時候，每次來張大姊家裡玩，都覺得自己來到了一座王宮，裡頭有好多房間、好多玩具，有吃也吃不完的零食。

那時候張大姊在家裡便是一個嬌生慣養的小公主，張爸爸和張媽媽都是勤勞的人，甚至比一般勤勞的人更加勤勞。

然而，在外人眼裡，張大姊的雙親勤勞過頭了，他們辛苦一輩子所掙來的積蓄，爲了治療晚年積勞成疾的病體，幾乎消耗殆盡。

這棟房子，是曾經貴爲千金的張大姊，在雙親接連過世後，所獲得的唯一遺產。

思文看著後院裡那棵大樹，猶然記得十多年前這大樹只有一個成人那麼高，而現在已經高過二樓了。

思文還記得那時張大姊常召集附近街坊小毛頭們上她家玩捉迷藏，或在後院玩打仗遊戲，有時用橡皮筋、有時用水槍或是水球，張大姊會將男孩、女孩分成兩隊，對抗的結果通常都是女生一方得勝，因爲張大姊選手兼裁判，更兼年齡優勢，她一手就能夠拎起一個小學生。

思文想起某次橡皮筋大戰，幾個男生毛頭們知道張大姊袒護女生，尤其是年紀最小的自己，他們想要欺負一下最得寵的思文，於是想出了個計策，選出一個替死鬼負責誘敵，開戰不久便繞出後院，大喊要進攻張大姊房間，說是要偷幾條張大姊的內褲獻給家裡大哥。張大姊聽了這番喊話，自然怒不可抑，率眾一路往樓上追趕。

這麼一來，年齡最小的思文趕不上大家的腳步，被男孩主力隊伍攔下，逼到角落，團團包圍，橡皮筋像是機關槍連射般地往她那雙白皙小腿上連環轟炸。

她只記得後來張大姊狠狠教訓了那批小男生們，還將想出這調虎離山計的主謀關在張媽媽的大衣櫃裡，要大夥輪流在外頭裝鬼說話，或是突然一齊大拍櫃子。那小子也倔強，不道歉也不投降，嚷著再不開門，就要尿在張媽媽的衣服上，這才逼得張大姊放他出來。雖然他最後還是在張大姊的拳頭威逼之下向思文道歉了，但思文永遠也忘不了那小子即便道歉，嘴角也仍掛著得意的神情。

「哇——」溫溫的哭聲遠遠地傳來，打斷了思文的思緒，她趕緊趕往教室——那本來是客房，張大姊特別布置成平時讓思文帶著幾個小鬼在裡頭玩耍、學英語的臨時教室。

「怎麼啦？」思文趕進小教室，見溫溫坐著大哭，又見到滿福還死沉沉地睡著，美花揉著眼睛、打著哈欠，小奇則氣呼呼地大吼：「不要哭啦，吵死了！」

「溫溫又作惡夢啦？」思文趕緊上前，抱著溫溫，輕輕拍背安撫。

「有鬼鬼……追我……」溫溫哽咽地說。

「白痴，我家哪有鬼，而且現在是白天耶！」小奇火冒三丈。

「不一定喔。」美花嘿嘿地笑著，她狡獪地望著小奇，一副欲言又止的樣子。

小奇轉頭怒瞪美花，他知道她想講什麼，美花上次便這麼取笑過小奇了，美花的爺爺、奶奶、外公、外婆俱在，她曾在五樓的小神桌看過小奇外公、外婆的牌位，便說小奇的外公、外婆變成鬼了。

「妳笑個屁啊！」小奇惡狠狠地瞪著美花，就等她開口把沒講完的話講完。

「我笑關你什麼事啊。」美花撇過頭，嘿嘿地望著窗，像是有些得意自己不說話也能激怒小奇。

「唉……」思文嘆了口氣，說：「不要吵架啦，大家洗個臉，待會要上課囉。」

「啊……又要上課啊。」美花有點不情願。

「文文姊……妳不是說要玩……捉迷藏？」溫溫一聽要上課，便也不哭了，抽著鼻子問。

「對啊，文文姊妳昨天說要玩捉迷藏！」小奇大聲嚷嚷著。

「捉迷藏啊……」滿福打著哈欠醒來。

「好……」思文苦笑著搖搖頭，說：「好……你們快洗個臉，清醒一下，我們吃個冰，玩捉迷藏。」

通常思文都會在午睡過後招呼大家吃個冰棒，讓腦袋清醒一下，才接著上英語課，但滿福總是邊吃冰邊打瞌睡；小奇有起床氣，會和美花鬥嘴鬥個不停；溫溫則是根本進入不了狀況，時常發呆。思文便計畫讓小毛頭們吃完冰棒，帶他們玩點小遊戲提提神，有助於後續的英語教學。雖然張大姊這票家長並沒有明確要求思文的英語教學得教到什麼程度、背誦多少單字，但思文畢竟是個有責任感的人，她覺得自己既然拿了比一般上班族更多的薪水，那麼總也得教出一點成績。

「大家聽好。」思文微笑地向四個啃著冰棒的小孩們宣告遊戲規則。「你們四個人全部被我找到的話，就要被老師搔胳肢窩和腳丫喔，不過如果你們願意乖乖上課的話，就可以不用處罰。」

「文文姊，如果妳找不到我們呢？」美花笑著說：「那換我們搔妳的腳丫和胳肢窩喔。」

思文還沒接話，小奇已插嘴喊著：「找不到，今天就不上課！而且還要被大家搔腳丫！」

「對！對！」美花笑著拍手，她雖然總愛和小奇鬥嘴，但此時倒是十分贊成小奇的提議。

「還要請我們吃布丁。」滿福這麼說，一面意猶未盡地舔著手上的冰棒棍。

「……」思文嘖了一聲，可沒想到小鬼們會提出「不要上課」這樣的條件，每天兩小時的英語教學，可是他們媽媽出的錢呢。

然而要說起在這個家裡玩捉迷藏，思文可算是這批小鬼們的前輩了，她知道即使是小奇，也未必比她更瞭解在這五層樓的透天公寓裡捉人或者躲人的種種訣竅。她還記得當年某個小男孩提議捉迷藏還得附帶懲罰條件時，她由於年紀小，不會躲，總是第一個被抓出，要接受懲罰，她不是被男生們捏鼻子捏到哭，就是被彈耳朵彈到哭——幾個小男生打不過張大姊，便老愛想出一些鬼點子來欺負最受張大姊寵愛的思文。

當然，張大姊不會坐視不管，她很快修改了規矩，讓思文當自己的小跟班，跟在自己身後四處抓人，一面教導她哪些位置看起來好躲，實際上容易露餡；或者是哪些地方看上去相當危險，但卻容易被當鬼的人忽略。

自然，這是很多年前的往事了，思文可沒那麼好的記性；且多年過去，張大姊家的擺設格局早已和當年大不相同，但不論如何，眼前的對手是四個不滿五歲的小傢伙，思文的年齡比他們加起來還大，這是一個不需要考慮勝負的遊戲。

至少在這一刻，思文是這麼認為的。

「文文姊不能數太快喔，要一個數字一個數字數。」美花這麼提醒著走出前院的思文，且還將那整片馬賽克玻璃門拉上，防止思文從外頭觀察他們的藏匿動線。

「好了，大家躲起來吧。」美花這麼說。

「等等……」小奇搖搖頭，說：「這裡是我家，我來決定大家躲哪裡。」

「你屁啦，你家了不起喔，爲什麼我們要聽你的？」美花呀呀地說。

「噓——」小奇拉著美花，驅趕著溫溫和滿福，將他們帶到了樓梯旁，有些得意地說：「我昨天已經想好怎麼躲了耶，這裡是我家，我知道要躲哪裡，我有一個好點子。」

「要躲在哪裡？」美花等人這麼問。

「嗯，你們跟我來。」小奇向三人招了招手，帶領他們往樓上走，一面回頭說：「不要擔心，文文姊姊要抓到我們全部才算贏，只要有一個人不被抓到，我們就贏了。」

四個小孩一路向上。溫溫個子矮，她費力地跨著那些對她而言十分巨大的階梯；滿福還有些恍神，搖頭晃腦地跟在美花背後；美花向來喜歡跟別人唱反調，但此時她倒十分好奇小奇的「妙計」究竟是什麼。

從幾處樓梯轉折牆面上的窗向外看去，都能見到窗外晴朗的陽光，這間透天公寓當年是張大姊的父親聘請好友設計，親自監工，造得紮紮實實、堅固耐用，幾十年下來，牆壁上連條明顯的裂痕都沒有，加上方位地段都好，坪數也大，張大姊離婚之後，有些友人勸她賣了這間房子，帶著兒子換間小屋，生活也寬裕些，便連一些不知從哪兒打探到消息的仲介或是投機客們也不時開出高價求購。

但張大姊從小至今一切的回憶都在這個家裡，她在這個家裡享受過當小公主的滋味；她在這個家裡享受過當孩子王的滋味；她在這個家裡拆過無數封學校裡的帥男孩或者不帥的男孩寫給她的情書，她會將那些情書拿給她媽媽看，和媽媽一起笑；她在這個家裡經歷過許許多多的開心和許許多多的傷心。

這個家對張大姊而言，就像是一個陪伴她長大的親人，一個守護她數十年的長輩。她想要將這個房子留給小奇，她那風流老公和別的女人遠走高飛，她傷心欲絕的同時也對自己失去了信心，她覺得這間房子或許比自己更能夠保護小奇，若是離開了這個家，她沒有自信能夠將不到五歲的小奇拉拔到大。

所以她想也不想便拒絕了友人的提議，趕跑了那些仲介和投機客。

小奇笑呵呵地帶著他們來到了三樓，樓梯口左右各有一間大房間，一間是張大姊的房間，一間是他的房間。

他先帶著眾人來到他的房間自己的衣櫥前，揭開衣櫥門，指著裡頭，對滿福說：

「滿福，你和溫溫躲在我的衣櫥裡，這是我的小基地。」

滿福過去瞧了瞧那衣櫥，這木造衣櫥不大，裡頭像是被刻意整理過，除了幾件懸掛著的小外套之外，十分空曠，剛好能夠躲進兩個小孩；而角落還擺了一籃東西，裡頭有手電筒、掌上型電玩和一些零食及飲料。

肥嘟嘟的滿福見到零食，二話不說便爬入衣櫃，窩在籃子邊，順手拿起一包零食揭開吃了起來，還對溫溫說：「溫溫來，我們來吃東西。」

「不要……我怕黑……」溫溫皺起了眉頭，縮在美花身旁這麼對小奇說。

「不會黑啦。」小奇不像往常那樣沒耐性，他嘿嘿一笑，從自己凌亂的書桌上翻出了個東西，那是兩盞小夜燈，做成水杯造型，開關一扳，整個杯子便會發亮，他將兩盞夜燈都交給溫溫，將她趕進了衣櫃裡。

跟著，小奇從自己床上揪起一隻老虎玩偶，一併塞給了衣櫥裡的溫溫，對她說：「小虎會保護妳，不要怕。」

「小老虎！」溫溫像是十分喜愛這隻老虎玩偶，她有些遲疑，不明白前幾天一見她想摸摸這老虎玩偶就開口罵人的小奇，怎麼突然大方了起來。她怯怯地望著小奇說：

「我可以抱它嗎？」

「可以，妳可以抱著它睡覺，但是不要流口水。」小奇點點頭，跟著又對滿福說：「滿福，如果你躲到一半想要尿尿，就出去廁所尿，不要尿在我櫃子裡，不然我會揍你。」

「喔。」滿福點點頭，一面吃著零食一面向溫溫要來一只夜燈，拿在手上把玩，還一面翻找著小籃子裡還藏著什麼好吃的東西。

「你們乖乖躲著喔，文文姊快要開始找人了，時間到了我就會叫你們。」小奇這麼吩咐著，跟著關上了衣櫃門。

「我躲哪裡？」美花這麼問，距離思文開始動身抓人的時間，已經所剩無幾了。

「跟我來。」小奇向美花招了招手，他拉著美花來到了隔壁張大姊的房間，推門進去。張大姊的房間正中有一張寬大的雙人床，床墊是新的，但床頭櫃上的雕花風格，卻洩露了這張床的老邁年齡。床旁兩只矮櫃和角落那梳妝台和床組似乎是同套的寢室家具，而在臥房另一面牆的則是一座巨大的檜木衣櫃，比起床組、梳妝台，衣櫃的年代看來似乎又更久遠了，但依然堅固實在。

「我要躲在你媽媽的房間啊？」美花這麼問：「你媽媽不會生氣嗎？」

「不會。」小奇神祕兮兮地笑，跟著又解釋：「這裡本來是我外公、外婆的房間，但是後來他們死掉了，就變成我媽的房間，本來我媽住樓上。」

「我們躲在裡面。」小奇拉開那巨大檜木衣櫃的櫃門，裡頭掛著滿滿張大姊的衣服。

「好大喔。」美花探頭往衣櫃裡頭望，只見那大衣櫃裡十分寬闊，讓一個高大的成年男人躺在裡頭呼呼大睡都不是問題。

這巨大衣櫃粗略分成三層，分別是收納棉被、換季衣物的頂層，懸掛衣物的中層和有著許多小抽屜的底層，美花躲藏的地方，便是那懸掛衣物的中層，她爬上了中層，左右看了看，說：「我就沒有燈和零食喔？」

「啊，妳又不像滿福那樣愛吃。等等，妳坐到我的位置啦，妳坐過去一點。」小奇伸手推了推美花。

「你要跟我躲一起喔！」美花也有些受寵若驚，她好奇地問：「你今天怎麼對我們那麼好？你不是很討厭我們嗎？」

「因爲現在我們是夥伴啊，文文姊姊是我們的敵人，我們要合作才能贏。」小奇這麼說，一面推著美花，將她往角落推，再次重複說：「妳坐過去一點啦，妳坐到我的位置上了。」

「什麼啊，明明那麼多位置，你不會自己找位置喔！」美花鼓起了嘴巴，一副要和小奇吵嘴的模樣。

「不是啦，我是要躲在底下。」小奇指了指美花腳旁。

「嗯？」美花呆了呆，後退了些，還不明白小奇這話是什麼意思，便見到小奇伸手在那隔板上摸了摸，拉開了一扇猶如地窖小門般的小木板。她驚訝地說：「哇！這是什麼？」

「這是祕密基地。」小奇得意地爬上衣櫃，鑽進了那猶如地窖的小空間裡。那是刻意打造的隱密空間，位在衣櫃底層那些小抽屜群的後方，這空間的用途是收藏首飾珠寶或者現金，倘若竊賊摸進屋裡四處搜刮，這小空間便能發揮一定的隱匿功效。

然而那小空間顯然有些太小了，小奇抱著膝，擠得有些勉強，但他還是露出了得意的笑容，仰望著上方的美花，仔細叮囑著：「如果文文姊找到妳，妳就乖乖跟她走，妳跟她說我躲在其他地方，她一定想不到我其實還躲在這個衣櫃裡，呵呵……」

「原來是這樣啊，好像很好玩！」美花也覺得頗有趣，她還想多問些什麼，但已經聽見樓下傳來了思文的喊聲。

「大家都躲好囉，我要開始找人了。」思文這麼喊著。

「快關門！」小奇伸手拉下了隱密小門，美花也趕緊將大衣櫃門拉上，還挪動身子，擋在躲著小奇的那小空間上。

在伸手不見五指的空間裡，即便是一向大膽的美花也感到有些害怕，不禁往角落縮了縮，輕輕敲了敲隔板，問：「喂，你還在嗎？」

「廢話，我當然在！」小奇壓低聲音回答。「妳不要跟我說話啦。」

「喔……」美花不再說話，她有些生氣小奇沒有像照顧滿福和溫溫那樣準備些零食和夜燈給她，她心想或許是自己平常總喜歡找他麻煩，因此小奇對她便有些差別待遇了。她還想講些什麼，但思文的腳步聲和說話聲，已經透過樓梯向上傳來了。

漆黑之中，美花只聽見自己的心跳聲，和思文那逐漸逼近的腳步聲。

碰碰、碰碰——

「小孩子們，躲在哪邊呀？」思文簡單地搜尋過二樓之後，來到了三樓，她左右望了望兩扇門，她將兩扇門都打開來，先看看張大姊的房間，再看看小奇的房間。

她走進小奇房間，聽見一旁衣櫃發出了窸窸窣窣的聲音，便來到衣櫃旁，敲了敲衣櫃門，輕輕地說：「裡面有沒有人啊？」她聽見裡面微微發出的聲響，有細微的竊笑聲和零食包裝袋的摩擦聲。

「找到囉！」思文打開衣櫃門，便見到了將頭埋在老虎玩偶肚子上的溫溫，和滿嘴豆干碎渣的滿福，她見到裡頭衣櫃裡還有小夜燈、手電筒和零食，倒也有些驚訝，趕忙將滿福拉了出來，問：「你怎麼躲在裡面吃東西啊？你弄髒小奇的衣櫃，小奇知道了會罵你喔。」思文一面說，一面將溫溫抱了出來。「你沒有在裡面偷尿尿吧？」

「是小奇給我吃的。」滿福說得理直氣壯。「我沒有尿尿。」

「文文姊姊，妳找到我們沒用，妳還要找到小奇哥哥和美花姊姊才算贏。」溫溫煞有其事地這麼說。

「對啊，文文姊，我不告訴妳他們藏在哪喔，妳要自己找。」滿福也這麼說，事實上他也不知道小奇和美花藏在哪兒，但是他倒是知道，如果思文在半小時內找不到小奇和美花，那就不必上下午的英語課了，他可以開開心心地一面吃零食一面看卡通。思文不讓他在上課時吃零食，一來他會把思文準備的教材弄得都是食物汁液和口水；二來當他專注吃東西的時候，根本聽不見思文在教些什麼。

「我知道。」思文嘿嘿笑著，她翻了翻小奇的床頭櫃，又看了看書桌底下，跟著她帶著溫溫和滿福，來到了張大姊的房間。

「我小的時候，也常在這個家裡玩捉迷藏喔。」思文似笑非笑地望了溫溫和滿福一眼，又望了那巨大的衣櫃一眼。

「美花還是小奇，躲在哪啊，我快要找到你們囉。」思文揭開了床頭櫃，翻了翻裡頭的棉被，又望了梳妝台底下的空隙一眼，跟著轉身打開了衣櫃。

她見到美花抱著張大姊一件大衣，橫躺在衣櫃中，閉著眼睛像是在睡覺一樣。

美花睜開眼睛，望了思文一眼，然後坐了起來，說：「文文姊姊，被妳找到了。」

「現在就剩小奇了。」思文探頭進了衣櫃裡，左看看、右看看，抱出美花，跟著她笑著問美花：「美花一個人躲在這裡啊？」

「對啊。」美花張著大眼睛，想也不想地回答。「我一個人躲在裡面，黑黑的，我好害怕喔，小奇他躲到樓上去了，我們去找他。」美花邊說，邊拉著思文要往門外走。

「等等喲。」思文嘿嘿一笑，說：「文文姊姊還有一個地方沒有找。」她邊說，又回到那衣櫃前，東瞧瞧西瞧瞧，伸手進那衣櫃，將蓋在隱匿小空間上的衣物撥開，摸著了那隱匿小空間門板的凹槽。

「啊！」美花不由得驚呼出聲。

「呵。」思文忍不住笑了笑，說：「姊姊不是說了，以前我也常在這個家裡玩捉迷藏喔，這個衣櫃啊，我也有躲過喔，這裡面呢……」思文邊說，邊拉開了那小空間的門板，她探頭去看了看。

空的。

「嗯。」思文呆了呆，這個小空間她小時候也曾躲過，且還是張大姊教她躲的，張大姊躲在衣櫃內，她躲在密格裡，那些小男孩興高采烈地將張大姊從衣櫃中拉出，他們卻怎麼也想不到這衣櫃裡頭另有玄機，還能夠藏著一個小思文。那天女生組，足足彈了男生組一百幾十下鼻子和耳朵，將一個個小男生的鼻頭全彈得紅通發腫。

當小奇信心滿滿地提議要玩捉迷藏獎懲遊戲時，思文就猜想聰明的小奇必然向媽媽求教過捉迷藏的祕訣，應該知道這個地方。

「好吧，我們上樓去找他，不要弄亂小奇媽媽的房間喔。」思文關上衣櫃，催促著大夥們離開張大姊的房間。

「呃……」美花茫然不知所措地望了望那大衣櫃，又望了望思文的背影。她一時還搞不清楚究竟是思文沒發現躲在衣櫃裡的小奇，或是故意賣弄關子，要等小奇躲不住了，自個兒出來自首，更或者那看起來密閉的小空間，其實裡頭還有暗門，只是小奇沒有告訴她罷了。美花晃著小小的腦袋瓜，一面想，一面走。

他們來到四樓，四樓也有兩間大房間，這兩間房間，本來規劃成張大姊的新婚房和孩子將來的個人房，五樓則打算規劃成小奇爸爸的工作室。

奈何小奇出生後不久，張大姊和小奇的爸爸感情便出現了裂痕。

小奇兩歲那年，外婆去世了，三歲時，外公也去世了，那時候小奇的爸爸早已不再回家，和別的女人另築愛巢了。

張大姊寒心之際，便將父母的房間當成自己的房間，將小奇的房間移至到自己兒時的房間。

而四樓本來的新婚房，此時幾乎成了凌亂的小倉庫，堆滿了雜物和不用的家電用品。

思文摸了摸那些家電上的灰塵，又看了看地板上那厚厚的灰塵，她覺得小奇應當不在這個房間。

而另一間房，則是空空如也，只有一張床板和櫃子，櫃子裡自然也是空的。

然後他們來到了五樓，五樓沒有隔間，十分空曠，只有角落堆了些雜物，思文呆了呆，這個家和她以往的印象有些出入，她很久沒上四樓和五樓了，以前張伯伯那些能夠讓小孩子躲藏其中的器材和大櫃子早已經清空，隨著兒時的回憶消失無蹤。

那麼，小奇呢？

思文歪著頭，帶著三個小孩來到頂樓，頂樓除了水塔之外，再沒有其他能夠躲藏的地方了。思文望著那大水塔，咬了咬下唇，像是猶豫著不知該不該攀上那鐵梯子上去探看一番，她知道張大姊以前曾不只一次要揹著她上去看風景，但是她怕高，怎麼也不敢上去。

張大姊不怕高，小奇或許也不怕，那個地方危險，小奇如果真的躲了上去，或許會跌下來。

「小奇，你在不在上面？那個地方不能躲，躲在上面犯規喔！」思文朝著那方形水泥水塔這麼喊，她喊了幾聲，沒有任何回應，然後她便帶著三個小孩下樓了。

□

「文文姊姊，妳輸了！」

當半個小時的期限一過時，第一個歡呼出聲的是滿福，滿福樂得嚷嚷怪叫，溜溜也拍手笑著。

「好吧……我輸了，你們贏了，趕快叫小奇出來吧。」思文苦笑著說。

二十分鐘前她帶著小孩們回到一樓那專屬小教室後，獨自又把整個透天厝翻了一遍，她心想小奇或許是躲在低樓層，趁著她帶小孩移動時，不停變換躲藏位置，才逃過了她的尋找，因此她謹慎許多，二樓、三樓、四樓、五樓甚至於頂樓，全部地毯式翻找過。她一面找，一面留意小奇有沒有出現在樓梯口，她確定自己每上一層樓，小奇必然沒有機會下樓，最多是被逼上一層樓。

但她來到頂樓時，仍然沒有看見小奇的蹤影，最後，她咬著牙，爬上了那座水塔，她甚至試圖揭開水塔的蓋子，就怕那天不怕地不怕的小奇竟然躲在裡頭，那可相當危險。

當然，水塔那蓋子上有個大鎖頭，需要鑰匙才能夠打開，小奇自然不可能藏在裡面。

於是她又來回找了幾遍，連前後院子都找遍了，如果是身手矯健的國、高中男孩，確實有本事利用一樓的窗子在前後院子和建築之間來回躲藏，但小奇還不到五歲，不可能有這樣的身手，且窗沿和窗外泥土上，也絲毫沒有留下攀爬的沙土痕跡。

「滿福，還不能吃喔。」思文將滿福從冰箱取出的布丁奪回。

「爲什麼？」滿福嘟起嘴巴問。「文文姊姊妳輸了耶，不用上英語課了，我想看卡通吃布丁。」

「好。」思文這麼說：「但是還是要找到小奇啊，小奇出來，我才算輸啊，不然沒有贏的人，我就不算輸喔，大家幫忙文文姊姊找出小奇好不好。」

「喔……」滿福抿著嘴，望著思文將布丁放回冰箱，有些不情願地喊了起來：「小奇，快出來啦，你贏啦，文文姊姊輸了，你快出來啦。」

美花則是快步奔上樓，她實在太好奇了，她想知道在那個衣櫃裡，究竟發生了什麼事。

她推開了張大姊的房間，拉開衣櫃門，朝著衣櫃喊著：「小奇，出來吧，文文姊姊找不到你，時間已經到了。」美花一面喊，一面鑽入衣櫃，揭開那隱密空間的小門板，裡頭當眞是空的，什麼也沒有。

美花呆愣愣地看著那小空間，她跳了進去，伸手亂摸，她以為這小空間裡應當有個小門什麼的，但什麼也沒有。

「美花，妳在幹嘛？」思文牽著溫溫，來到了大衣櫃外，探頭望著美花。

「沒有……我也想要躲看看……」美花從那小空間攀了出來，她搖搖頭，像是不知道該怎麼開口解釋這個狀況。

於是，思文帶著三個小孩，一次又一次地將整個透天厝，來回翻找了好多好多次。然而小奇就像是憑空消失了一樣。

怎麼也找不到。

一個小時後，思文打了通緊急電話，向張大姊求救，張大姊聽明白了狀況，只覺得好笑，她提供了幾個能夠躲藏的地方，要思文再去找找。

當思文又花了一個小時，按照張大姊的指示，翻遍了那些他們已經翻過的地方，卻仍然找不到小奇時，她慌亂地再次聯絡上張大姊，哽咽地求救，這時候電話那端的張大姊終於才發覺事情有些不對勁，她正試圖安撫著思文的情緒，說自己盡快趕回去時，便聽見了電話那端傳來的小孩呼叫聲。

「小奇出來了！」

「小奇！」思文尖叫著，幾乎是用跑的跑到了從樓梯口走下來的小奇身前，緊緊抱了抱他，又對著電話那端說：「張大姊，找到小奇了！」

「妳把電話給他，我來問他。」張大姊這麼說。

思文點點頭，將手機交給了臉色一陣青一陣白的小奇手裡。

小奇接過手機，呆滯地望了思文一眼，將手機貼近臉龐。他的臉色十分難看，雙眼直勾勾地看著客廳門外的大院子，院子外的陽光晴朗，那似乎讓他感到溫暖且安全，他忍不住緊緊抓住思文的手，抓得十分用力，將整個身子全埋在思文的懷抱裡，對著電話筒喂了一聲。

「小奇，你們在家玩捉迷藏，你躲到哪裡去啦？你是不是偷跑出門了？媽媽是不是有跟你說過，玩捉迷藏不能躲到外面去嗎？」張大姊嚴厲的語氣透過電話那端傳來，思文也隱約聽見了。「在這間房子裡玩捉迷藏，絕對不能躲到外面去。」這是當年張大姊訂下來的規矩，否則那些臭男生們趁著當鬼的人閉眼數數的時候，翻牆躲回自己家或是幾條巷子外，時間到了才殺回來彈鼻子、彈耳朵什麼的，這怎麼說得過去。

「我……」小奇茫然無措，他發了好一會兒呆，才喃喃說著：「我沒有躲到外面去……」

「那你到底躲到哪裡去了？」張大姊追問。

「我……我躲在外婆的衣櫃裡啊！」小奇抽抽鼻子，哽咽地哭了，斷斷續續地重複著同樣一句話：「我就是……躲在外婆……衣櫃裡……啊……妳說躲在那邊……鬼就找不到我……」

思文呆了呆，她明明找過大衣櫃，且還不只一次，她也曾懷疑過那衣櫃或許還有其他隱匿空間，所以連衣櫃上方那用以收藏棉被的高層空間甚至是櫃頂都找過了。

但小奇此時的語氣就像一個被嚇傻的小孩，他只是不停地哭，不停地發抖。

第三章　衣櫃

「嗨，張阿姨，你們家那個膽小鬼呢？怎麼沒看見他？」

這是美花揹著小水壺被媽媽帶來張大姊家時，對張大姊說的話。

「美花，不要那麼調皮！」美花的媽媽皺起眉頭，拍了美花腦袋一下，跟著略有歉意地向張大姊苦笑著說：「小奇沒什麼事吧？」

「沒有，他賴床呢，可能昨天作惡夢嚇到了吧。」張大姊聳了聳肩，神情有些無奈。

「所以到底發生了什麼事？」美花的媽媽這麼問。

「我也不知道，思文帶著他們玩捉迷藏，就跟我們小時候玩的一樣，規矩也差不多。」張大姊淡淡地笑著說：「小奇躲在我老媽衣櫃裡，就是以前那個小暗門裡面，妳還記得嗎？我也躲過那地方，妳也躲過。」

美花媽媽點點頭，笑著說：「我知道，美花昨天跟我說過，她說那是小奇發明的方法。」

「什麼他發明，是我教他的。」張大姊哼哼一笑。「他說他想玩捉迷藏，問我家裡什麼地方好躲，我知道那小子打什麼主意，我故意教他躲在他外婆衣櫃裡，因爲那個地方思文以前也躲過，思文知道怎麼找，我故意讓思文找到他的，誰知道思文找不到。」

「以前妳玩捉迷藏，都幫著女生，到了現在還是幫女生啊？」美花的媽媽不由得覺得有些好笑。「連自己的兒子也沒有特權？」

「當然。」張大姊嘆了口氣。「男生從小就要教會他們尊重女生，免得長大了作惡多端吶……哼哼……」

「是啊……」美花的媽媽知道張大姊又想起那拋家棄子和別的女人私奔的前夫了，她完全明白張大姊的心情，她倆從小就是鄰居，是極要好的朋友，從小學到高中都讀同一所，直到大學才分別就讀不同學校。她們的喜好相近，總有聊不完的話題，甚至連喜歡男人的類型也差不多，也因此，她們婚姻的結局也差不多。

美花的媽媽早張大姊兩年離婚，她沒有告訴美花爸爸和媽媽離婚是因爲別的女人，這是美花自認爲強過小奇的地方，她以爲她爸爸是超級英雄，爲了救人而罹難，她總會以此來取笑小奇，說自己的爸爸是英雄，說小奇的爸爸是豬哥。

有時這些童言童語流入了美花媽媽的耳裡，美花自然遭殃了，美花的媽媽會嚴厲斥責美花不要講這些壞話，但張大姊卻不在意，她寧可美花拿這話逗小奇，她希望小奇能謹記在心，男人寧可當英雄，也不要當豬哥。

此時美花的媽媽見到了張大姊神情黯然，知道離婚不久的她又想起了傷心事，便改口說：「妳說思文找不到小奇，她忘記那個地方了嗎？」

「不是耶。」張大姊啜了口咖啡，搖搖頭說：「她說她找了好幾次，但是找不到小奇，衣櫃裡面是空的，包括那個小空間也是空的，她說她連櫃子頂都看過了。」

「對啊！裡面眞的沒有人，他一定是跑到別的地方去了。」美花這時插口，昨天她也跟著思文屁股後頭找小奇，也找過那衣櫃，親眼見著那小空間裡頭空蕩蕩的，什麼也沒有。

「這我就不知道了，我想他大概在衣櫃裡睡著了，作了惡夢，迷迷糊糊嚇得逃出衣櫃，跑到別的地方。」張大姊這麼說：「思文找不著他。」

「才不是呢……」小奇嘟著嘴，鼓著雙頰走下樓梯，一臉委屈。

「哦，膽小鬼起床了。」美花大聲喊著，被媽媽捏了捏臉，仍嘻嘻笑地朝著小奇刮起臉皮嘲諷。

小奇的模樣有些疲倦，像是不太願意和美花爭辯什麼。他自顧自地走進客廳旁那被當成小教室的客房，美花呵呵笑地像是逮著了小奇的小辮子般跟了進去，想要趁勝追擊。

「別想太多了，時間一久，什麼都忘了，男人到處都是，記得眼睛睜大點就是了。」美花的媽媽見孩子進了房，這麼對張大姊說。「不如找個時間出門散散心，或許會有不一樣的想法。」

「散心啊……」張大姊望著窗外晴朗的晨光，似乎有些心動，畢竟這個家雖然是她自幼生長的地方，是她的親人，卻也是她的傷心地。她苦笑了笑，搖搖頭。「不行吶，我一個人帶著小奇，能上哪啊？還是窩在家裡舒服。」

「我陪妳啊。」美花的媽媽這麼說。「我早就想找機會出國玩玩了，趁現在不算太老，能走就走，不然再過幾年都成了老媽子了，想玩也玩不動囉。到了那個時候啊，說不定妳家小奇交了女朋友就忘了老媽，我們美花大概也被男人迷得團團轉，剩下我們兩個孤單老人，等著領救濟金囉。」

「不然讓我們家小奇去拐妳們家美花好了，至少知道對方媽媽是誰，鬧出恩怨也找得到人算帳。」張大姊哈哈大笑。

「好啊！」美花的媽媽拍手附和。「我正想這麼講。」

「屁啦！妳們不要亂講話好不好！很煩耶——」小奇的怒吼聲從小教室裡竄出，惹得兩個媽媽笑得更開心了。

□

「小奇，你今天還好嗎？」思文摸了摸小奇的頭，見他滿臉怒容，瞪著美花，一副想打架的樣子，便說：「又和美花吵架啦？乖喔。」

「沒啊。」美花搖搖頭，咯咯笑著說：「我沒和小奇吵架，是他跟他媽媽還有我媽媽吵架。」

「呃？」思文愣了愣，不明白美花說的話。

「他媽媽叫他娶我，我說我最討厭膽小鬼，他就生氣了，他罵他媽媽，還罵我媽媽，還罵我。」美花搖頭晃腦地說：「他被我甩了，所以在生氣。沒風度。」

「屁啦！屁啦屁啦——」小奇兩隻眼睛像是要噴出火一樣，衝上去想要追打美花。

「好啦，不要打架……」思文趕忙攔阻小奇，她知道小奇年紀雖小，但發起飆來六親不認，若他手上有把刀子，說不定都要捅死人了。她一手拉著小奇，還得轉頭朝不停扮鬼臉的美花喊著：「美花，不要這樣啦……啊！滿福，尿尿去廁所！」

「唔……」滿福或許是讓小奇的尖叫聲刺激到了膀胱，他哆嗦了幾下，低下頭看看褲子才發現自己尿尿了，他趕忙隨手抓起一條毛巾，像是企圖湮滅證據般地蹲下來擦拭自己的尿，一面擦還一面尿。

「我的超人毛巾吶——」小奇慘叫一聲，他看到滿福拿來擦尿的毛巾是他最愛的超人毛巾後，憤怒衝破了頂點，再加上接連的委屈，他尖叫大哭地想要衝去打滿福。

但是當小奇發現自己仍被思文緊緊拉住時，怒上加怒，他張大了嘴，一口朝思文白皙的胳臂狠狠咬去。

「呀——」思文的尖叫聲讓小奇鬆開口，退開兩步，思文白皙的手臂上立刻浮現兩排清晰鮮紅的齒印。

「唔……」思文一臉驚恐地望了望小奇，跟著突然眼眶一紅，哽咽地哭了。

本來小教室裡一觸即發的大戰氣焰，讓思文這陣眼淚給瞬間澆熄了。咬人的小奇張大嘴，也嚇得傻了，他發了半晌呆，轉身奔跑上樓，躲回自己房間。美花不敢再多嘴，抓起矮桌上那包抽取衛生紙，跑到滿福身旁，用手指戳著滿福的腦袋，低聲催促他快點將滿地小便清理乾淨；滿福連連點頭，驚慌失措地胡亂擦拭地板。溫溫則哇地一聲哭著跑向思文，看了看她的手，一把抱住了思文，哭得更大聲了。

「乖……乖……溫溫別怕，文文姊姊沒事，不哭喔……」思文抽了抽鼻子，拭了拭眼淚，先喊來了美花，要她安撫溫溫，跟著趕忙上前牽起滿福，拍著他的胸脯說：「滿福別怕，你先去廁所把褲子換下來，這裡文文姊姊來整理。」

「喔！」滿福滿頭大汗地抓起自己那裝著備用褲的小書包往廁所方向跑。思文花了點時間，將那灘尿附近的巧拼地板全拆下，捧到了廁所清洗，一面幫滿福換上乾淨褲子。

「文文姊姊，我們來幫妳。」美花拉著溫溫也來到了廁所，眾人七手八腳地將那一塊塊巧拼地板沖洗乾淨，再讓美花和溫溫捧著那堆巧拼院子裡讓陽光曬乾。滿福則拿著乾淨的抹布一遍又一遍地擦拭著周遭地板，還噴了點除臭噴霧。

「文文姊姊，妳幹嘛還幫那個壞孩子洗毛巾啊？把這條臭毛巾丟到垃圾筒就好啦！」美花返回廁所，見到思文仔細地以衣物手洗精搓洗小奇那條超人毛巾，不禁氣鼓鼓地說：「晚上等張阿姨回來，我幫妳告狀，要張阿姨打死那個壞孩子。」

「啊……不行！美花，不要和小奇的媽媽講喔。」思文正色地說，她又仔細地反覆將毛巾洗過好幾遍，將泡沫沖淨，將毛巾擰乾，拉著美花的手來到了後院，將那超人毛巾懸掛在院子裡的曬衣繩上。滿福和溫溫正蹲在一旁，將一片片巧拼斜斜地倚著牆壁排列。滿福個性本來就溫吞，更知道這次紛爭的引爆點是因爲自己亂尿尿，此時乖乖地拿著乾布仔細擦拭巧拼，想要快點將這些巧拼弄乾，排回原位，乖乖上課，像什麼事都沒發生過那般。

「爲什麼？」美花不解地問：「小奇咬妳耶，還把妳咬流血了，我要叫他媽媽揍死他，幫妳報仇啊。」

「我沒有流血啦！」思文笑了笑，拉著美花坐在階梯邊，輕輕摸著她的頭髮，對她說：「小奇不是壞孩子，他昨天被嚇到了，妳們不相信他說的話，又一直逗他、嘲笑他，他才這麼生氣。」

「生氣也不能咬人啊！」美花拉過思文的手，盯著齒痕說：「一定很痛喔。」

「已經不痛了啦……我剛剛只是嚇了一跳。」思文淡淡笑著說：「美花，以後妳不要一直惹小奇嘛，其實他很可憐。」

「他哪裡可憐？」

「美花的爸爸不在的時候，美花還很小，可能已經不記得了，所以美花不明白小奇心裡的難過。」思文這麼說：「但是小奇的外公、外婆，這兩年都過世了，小奇的爸爸也離開了他和媽媽，這些事情發生的時間都很接近，小奇一定很難過，只是他不讓你們知道而已。」

「嗯……」美花盯著那條披在繩上、隨風吹擺盪的超人毛巾，像是想講些什麼來反駁，卻又不知道該講什麼，她歪著頭想了半天，說：「那他爲什麼不讓我們知道？」

「因為小奇是男生，還是一個勇敢的男生。」思文繼續說：「勇敢的男生通常都不喜歡讓別人見到他難過的一面。」

「誰說的。」美花哼哼地說：「他哪有勇敢，他昨天作夢嚇到哭哭。」

「嗯……」思文靜默半晌，說：「其實……我也覺得很奇怪耶，我是個大人，就算你們醒著跑來跑去，也一定跑不過我呀，如果小奇眞的跑出衣櫃，躲到別的地方，一定會被我們發現啊，那時候你們不是幫著我一起找嗎？」

「嗯，對啊。」美花嘟著嘴，也想不出個所以然，她搖晃著腦袋，指著後院一處花圃，那兒有些盆栽和花架，她說：「說不定他騙人，他爬牆偷跑出去玩，他犯規了，所以我們才找不到他。」

「怎麼可能。」思文哈哈一笑。「而且我也看過圍牆和窗戶，沒有鞋印和泥土痕跡啊。」

「那我怎麼知道，小奇是壞孩子，壞孩子有很多壞點子，他一定在騙人，再不然說不定是他在櫃子裡作惡夢尿尿在褲子裡怕羞羞臉才躲起來洗屁屁！哈哈哈……」美花對自己的推理感到十分得意，不禁高聲大笑。

「才不是啦！」小奇自二樓窗戶探頭出來，朝著底下大罵。「我說的都是眞的，妳們都不相信我——」

「咬人鬼，你幹嘛偷聽我們說話！」美花轉身仰起頭，指著小奇回罵：「你把思文姊姊咬流血了，你快給我道歉——」

「我……我是咬思文姊姊，又不是咬妳，我幹嘛跟妳道歉，神經病！」小奇聽美花一張嘴就直攻他剛才的咬人行徑，不禁有些理虧，他聲音小了點，說：「我哪有偷聽，妳們在我房間外面講那麼大聲，我當然聽得見！」

「囉哩叭嗦，你不道歉我就跟你媽媽講。」

「講妳屁股癢！妳講啊，妳去講啊！」

「你屁股才癢，你屁股爛了！」

「妳屁股才爛，妳大便在褲子上！」

「好啦，不要吵啦——」思文連忙勸阻這新一波的爭執，向小奇招著手說：「小奇，沒關係啦，不用道歉，我不會講，美花也不會講，我們保守這個祕密，誰講出去，我以後就不跟他玩了。」思文這麼說，一面對著滿福說：「滿福，知道嗎？不能講喔。」

「嗯，我知道，我不會講的。」滿福點點頭，跟著又說：「那你們也不要跟我媽媽講我尿尿的事。」

「好，我們也不講。」思文跟著轉頭看著溫溫。「溫溫，幫姊姊保守祕密好嗎？不要跟媽媽說今天的事喔。」

「嗯，我不講。」溫溫點點頭，眼眶還有些紅。

跟著思文望回美花，美花立刻說：「我應該不會講吧。」

「好了，小奇，不要生姊姊的氣了，下來跟大家一起玩好嗎？」思文向小奇招著手。

「……」小奇嘟著嘴巴，像是有千言萬語憋在肚子裡說不出話，他嚷嚷著說：「我又沒有生妳的氣……」他說完，便關上窗，轉身往樓下跑。

□

一陣風吹過，飄下了幾片落葉，其中一片朝著窗子飄盪飛來，貼在玻璃窗上。

溫溫伸出手，拍了窗戶幾下，看著那落葉再次離窗飛去，她探著頭、踮起腳尖，仍然無法見到那落葉。

「溫溫來吃愛玉。」思文遞來一碗愛玉，溫溫伸手接過，捧到鼻端嗅了嗅，倚著牆坐下，望著碗裡那亮黃色的檸檬水上漂浮著冰渣和愛玉，她舀了一勺，放入嘴裡，味道清香酸甜，冰涼沁心。

「小奇，來，這是你的。」思文又盛了一碗愛玉遞給小奇，小奇默默接過，找了個地方坐下，一語不發地喝著。

另一旁，早已喝完的滿福，正瞪著眼睛望著還有半碗愛玉的美花，美花知道滿福愛吃，便逗著他說：「你還想吃啊？」

滿福點點頭。

「可是你已經吃完了。」美花緩緩舀起一塊大愛玉，故意湊到滿福面前，說：「你看漂不漂亮，半透明耶，好像寶石一樣喔。」

「漂亮……」滿福嚥下一口口水，對美花說：「這塊愛玉給我吃好不好？」

「嗯……」美花呵呵一笑，說：「我跟你說喔，如果你可以舔到自己的手肘，我這半碗都給你吃。」

「手肘是什麼？」滿福問。

「是這裡……」美花伸出手指，點了點滿福的手肘。「要快一點喔，不然我就吃完了。」她這麼說的同時，便緩緩將那勺大塊愛玉，湊到嘴邊，慢慢地舔了舔，小小咬了一口，再舔一舔，又咬去一小半。

「唔！」滿福顯得有些著急，他開始用各種辦法，讓自己的舌頭更靠近手肘，但不論他擺出什麼姿勢，那用力伸出的舌頭離手肘總是有一小段距離。最後，滿福只能夠眼睜睜地望著美花滿足地吞下最後一口愛玉。滿福不免有些難過，但他還記得先前的紛爭是因為自己亂尿尿惹出來的，也不敢多抱怨，只能認分地拿起自己碗裡那根已經被他舔得很乾淨的湯匙，再舔上幾口。

滿福一面舔著湯匙，一面望著思文，桌上還有小半鍋愛玉。

「每個人都只能吃一碗喔。」思文搖了搖頭，她雖然早瞧見了滿福的模樣，又是好笑又是不忍，但滿福的媽媽特別交代過不能讓過胖兼蛀牙的滿福吃太多甜食，一天一碗愛玉或是一支冰棒已經逼近極限了，思文只能狠下心來遵守滿福媽媽的吩咐。

「美花，如果妳再捉弄滿福的話，那我們等等的小遊戲，就來玩搔美花癢癢。」思文邊說，邊伸手在美花腰際、脖子和胳肢窩分別搔了搔。

「哈哈哈哈！」美花咯咯大笑，閃身躲著，一面大叫：「我不要玩這個……」

「好，那妳想想要玩什麼，還有不可以再欺負滿福，不然就玩『搔美花癢癢』喔。」思文這麼說。

「好啊，我想玩捉迷藏——」美花嘿嘿笑了起來，還瞥了小奇一眼。「可是有人會哭。」

「唉……美花妳眞的很喜歡鬧別人耶。」思文皺了皺眉，她擔心小奇一聽美花這話又要發飆，趕緊思索起勸架說詞。

但小奇一副若有所思般地把玩著空碗和湯匙，像是沒聽見美花在說什麼一樣。

美花可不死心，大聲問：「小奇，敢不敢玩捉迷藏？」

「唔！」小奇愣了愣，回答：「好啊……」

「你不要又嚇哭喔。」美花大笑說。「不可以說謊，也不可以躲到外面去，也不可以咬人。」

「我才沒說謊！」小奇露出怒容，一副又要找美花打架的模樣，但他見到思文望著他，便有些心虛地放下拳頭，說：「不信妳們來看啊。」

□

「看什麼？」美花扠著腰，望著小奇。

小奇站在張大姊臥房那座大衣櫃前，望著思文、美花等人。

「我昨天一直躲在衣櫃裡面，沒跑出去。」小奇指著衣櫃。

「那我們叫你，你幹嘛不出來。」美花這麼問。「而且我們打開衣櫃，根本沒看到你。」

「我沒聽見妳們叫我！」小奇這麼說。「我……我聽見外面有聲音，但是不是妳們的聲音，我看見奇怪的人，所以不敢出來。」

「亂講，什麼奇怪的人啊！」美花嘟著嘴，推開小奇，一把揭開張大姊那大衣櫃。

「唔！」小奇身子一顫，像是受到了什麼驚嚇似地向後一縮，縮到了思文身旁。

「哼，還說不是膽小鬼。」美花見到了小奇的反應，不免有些得意，她追問：「那你到底要讓我們看什麼，難道你要再躲一次喔？」

「……」小奇皺著眉，像是在猶豫著什麼似地，但是他見到美花露出狡獪的笑容，像又想到了什麼說詞來取笑他時，他牙一咬，說：「對啊，我再躲一次給妳們看……我……」小奇這麼說的同時，便上前往衣櫃裡鑽。

「等等！」思文見小奇臉上仍帶著懼意，知道他心中真的害怕，便喊住了小奇，說：「這樣好了，大家一起躲，好不好。」

「一起躲？」美花等人呆了呆，不明白思文的意思。

「對啊。」思文笑著說：「我們全部陪小奇躲在衣櫃裡，假裝我們在露營，姊姊說故事給你們聽，如果到時候衣櫃外面眞的有怪聲音，我們就衝出去打他，好不好。」

「裡面會不會很黑啊……」溫溫像是有點害怕，這大衣櫃可要比昨天小奇房間的小衣櫃寬闊許多。

「姊姊抱著妳躲喔，還說故事給妳聽。」思文抱起了溫溫，安撫著她。

「對了，我去準備一下！」小奇像是得救般地跳出衣櫃，奔回自己房間。數分鐘後，他捧了一籃東西回來，是手電筒、小夜燈、小鋁棒之類的東西。

這頭，美花和溫溫聽從思文的吩咐，將大衣櫃裡好幾疊衣物取出，暫時擺在床上，免得一群人擠進去，壓壞了張大姊衣服；思文則是帶著滿福去上了個廁所，還替他換上一件免洗紙尿褲，否則要是尿在張大姊衣櫃裡，那麻煩可大了。

準備齊全之後，大夥兒全鑽進了衣櫃，小奇還打開了那隱匿小空間的門板，跳了進去，站在裡頭緊張兮兮地舉著那一支小鋁棒。

美花窩在小奇左手邊的角落，思文摟著溫溫坐在小奇右手邊，溫溫還抱著昨天那個老虎玩偶，滿福則在最右邊的角落，今天他沒有零食可吃，只能有一搭沒一搭地和溫溫一同玩著老虎玩偶嘴上的鬍鬚。

「好囉，我要關門囉。」思文探著身子，將大衣櫃的門拉閤關上。

「好黑喔！」這突如其來的黑暗令溫溫感到有些不安，她用老虎玩偶遮住自己大半邊身子，且緊緊靠在思文身上。

思文拍了拍溫溫，在她耳邊說起了故事，思文講的是一個溫馨的童話故事，大夥兒都靜靜地聽。起初美花會插口追問一些細節，以往這是小奇會做的事，他一對思文的故事有所質疑，美花就會反駁，但現在小奇似乎對思文的故事一點也不感興趣，美花少了個鬥嘴爭辯的對象，索性自己扮演起小奇的角色，故意問些古怪問題，就想惹小奇發表意見。

在這昏暗的衣櫃小空間裡，彷彿與世隔絕，思文覺得自己像回到了許多年前，那時候她也曾和張大姊一同窩在這大衣櫃裡，不同的是，當時的她只負責聽故事，而此時的她，卻成了說故事的那個人。她猶然記得那時候的她就和現在的溫溫一樣，膽小又怕黑，當時張大姊帶著她接連躲了好幾天衣櫃，說了很多故事給她聽，才讓她漸漸不害怕衣櫃裡的世界，願意和張大姊合作，完成用以欺騙那些小男孩的雙層捉迷藏戰術。

那時候年幼的思文緊閉眼睛，蜷縮著身子側躺進那隱匿小空間裡，任張大姊將門板蓋上。她記得那時候自己心裡害怕極了，但一想到待會可以向那些每次都要把她鼻子彈得通紅的小男生們報仇時，不免又有些期待，小思文靜靜地不發出任何聲音，成功地撐過了捉迷藏的時限。當她全身無力地被張大姊抱出小空間時，終於忍不住哭了，哭得滿臉鼻涕，她一面哭、一面笑地用力彈著那些小男生的耳朵和鼻子，像是打贏了一場艱困的勝仗一般。

此時的思文靜靜地說著故事，首先她注意到窩在她懷裡的溫溫和滿福已經睡著了；另一邊的美花，似乎也打起了瞌睡，不再打破砂鍋問到底地追究一些連思文都沒想過的無聊小事。

思文瞥頭看了看小奇，小奇仍然維持著和一開始相近的姿勢，他雙眼直視前方，雙手持著小鋁棒。思文忍不住問：「小奇，站那麼久會不會累，要不要坐下來休息一下。」

「……」小奇搖搖頭，雙手仍然緊緊地抓著鋁棒。

「小奇，你能不能告訴文文姊姊。」思文摸了摸小奇的頭，說：「你昨天看到了什麼？」

「我……我也不知道……」小奇呆了呆，說：「我就一直躲在這裡面……我以爲妳還在找，我躲了很久，都沒聽到你們的聲音……」

「哪有……」美花懶洋洋地開口，或許她有些睏，所以說話不像平時那樣大聲。

「文文姊姊一開始就找到我了……然後她馬上就打開櫃子找你，結果你就不見了……」

「如果你們兩人一起躲在這邊，小奇躲在洞洞裡面，美花坐在洞洞上面，小奇根本沒機會一個人跑出衣櫃啊。」思文百思不得其解。

「嗯……」美花沒再反駁些什麼，因爲她也想不出合理的原因。

「我躲得不耐煩，本來想偷看一下，結果聽到很多怪聲音。」小奇這麼說，他花了一點心思，試圖形容當時的情形。「好像是有人說話的聲音……他們一直問：『開了沒……開了沒……』」

「開了沒？」思文皺了皺眉，不明白是什麼意思。

「對啊……」小奇點點頭，繼續說：「而且有臭臭的味道，我不敢出去。我把小板子推開一點，往外面看，衣櫃的門被打開了，有人在外面走來走去，我看不見他們的樣子，他們身上都黑黑的，而且越來越臭……」

小奇說得不清不楚，思文也只能聽個大概，她想要多問些什麼，但一個雖不大聲，但十分清晰的聲音，截斷了思文的問話。

嘎——

這聲音乍聽之下，就像是扇老舊門板被人推動時陳年腐鏽的門軸摩擦聲。

思文愣了愣，她直覺想要伸手推門出去，但小奇拉住了她。

「啊！來了、來了……」小奇的聲音十分害怕，他伸手搶過了美花手中那杯形夜燈，將之關上，瞬間，衣櫃裡一片漆黑。

「幹嘛啊……」美花驚訝之餘，也知道情況不對，她壓低了聲音問，只聽見一陣腳步聲在衣櫃外頭來來回回地走。

「開了嗎？開了嗎？」「應該開了吧。」「從哪兒上去呢？」「這消息是哪裡傳出來的？誰說這裡可以上去的？」「不知道啊，我聽到的地方是這間屋子。」「你聽錯了吧。」「我沒聽錯，就說是這兩天開門，等等也不會死。」「最好是門一開就上去，免得讓那些牛頭馬面又把門給封了。」

思文抱著沉睡著的溫溫，大氣也不敢喘一聲，外頭不但有人，且還不只一人。

「小奇，怎麼回事……」思文忍不住這麼問。

「我不知道……我不知……」小奇顫抖得更嚴重了，他倚靠著思文的身體，雙手高高舉著小鋁棒。

「是不是小偷啊。」美花在一旁低聲問著。「怎麼辦，要不要報警。」

「啊……對了……報警……」思文這才想起自己身上還帶著手機，她趕緊取出手機撥按起號碼，但此時手機全然收不到訊號，怎麼也撥不出去。

就在此時，外頭似乎有些騷動，本來細碎的說話聲變成了尖聲怪叫的吶喊聲——

「啊，好像是陰差找上門啦！」「怎麼那麼快？」「怎麼辦，門還沒開嗎？」「大家分頭找，把所有的門都打開，看看到底從哪裡上去，媽的！」「要逃嗎？」「別慌，反正找不到就裝傻，我們就當來露營，條子能拿我們怎樣？」「這大衣櫃算不算門吶？」「昨天打開過了，沒有。」「再開開看吶，媽的！」

「呀！」小奇聽著外頭的對話，嚇得打了個顫，尖叫起來：「鬼要開衣櫃，不要讓他進來——」

滬滬和滿福讓小奇這聲尖吼嚇得醒來，滬滬一見到四周漆黑一片，立刻嚎啕大哭，滿福則是完全搞不清楚狀況，被小奇的尖叫嚇得漏尿，當他感覺到自己又尿尿的同時，也嚇哭了，他依稀記得上午一泡尿害得小奇抓狂的後果。他壓根忘了自己此時正穿著紙尿褲，一覺驚醒，連自己在哪兒都忘了。

「幹嘛、幹嘛！」一個男人怒吼聲響起，像是在教訓著什麼人似地。「這麼多人聚在這邊想幹嘛？打麻將喔？你們在找什麼？啊？」

「沒啊，沒啦……」「大人，你多心了啦。」「我們聚在這邊聊天而已。」

「幹！聊天？」那男人聲音更大了。「騙肖喔！聊天要帶大包小包喔，你們是聊天還是露營啊，喂那個誰，你手在幹嘛？你在藏什麼？閃開閃開！」

「沒有啦……」說這話的人，似乎就站在衣櫃外頭，他的語氣聽來有些緊張，似乎想掩飾什麼，但立刻被那大聲喝叱的男人一把推開。

砰砰——

「裡面藏了啥小？」喝叱的男人拍了拍衣櫃門，他找著了衣櫃拉門的手把，晃了晃，便要將門拉開。

「啊！」小奇驚恐至極，揮動小鋁棒不停往衣櫃門砸，溫溫和滿福哭得撕天裂地，美花倒機靈些，她抵著那推門另一端，尖叫著：「不要讓壞人進來！」

「外面是誰？是誰！」思文一手摟著溫溫，一手拉著小奇，驚恐莫名地一齊尖叫。

喀啦一聲，衣櫃門給拉開了。

一陣冰寒夾雜著腥臭的怪風，呼地颳進衣櫃裡，所有人都尖叫了起來。

思文見到衣櫃外頭站著一個穿著襯衫、一頭亂髮的年輕男人。

但她沒能仔細看清楚那人確切的面貌和衣櫃外的情景，因爲她在衣櫃門被拉開的那一瞬間，本能地亂蹬起雙腳，其中一腳結結實實踢在那年輕男人的臉上。

在這短暫一瞬間裡，哭聲、尖叫聲、罵聲、風聲，混合成了一種巨大的嗡嗡聲響，思文感到自己的耳朵發出了奇異的疼痛感，有點像耳鳴，同時她讓那又冷又臭的怪風吹得反胃欲嘔，就在她耳朵的不適到達了頂點時，一切卻又戛然止息。

沒有風、沒有漆黑、沒有怪人、沒有哭聲。

思文瞪大著眼睛望著那敞開的衣櫃門外，外頭是明亮的臥房景象。

「別怕別怕……」她略微回神，趕緊安撫著身旁的孩子們，她抽噎著，被嚇得眼淚都流了出來。「大家別怕……」

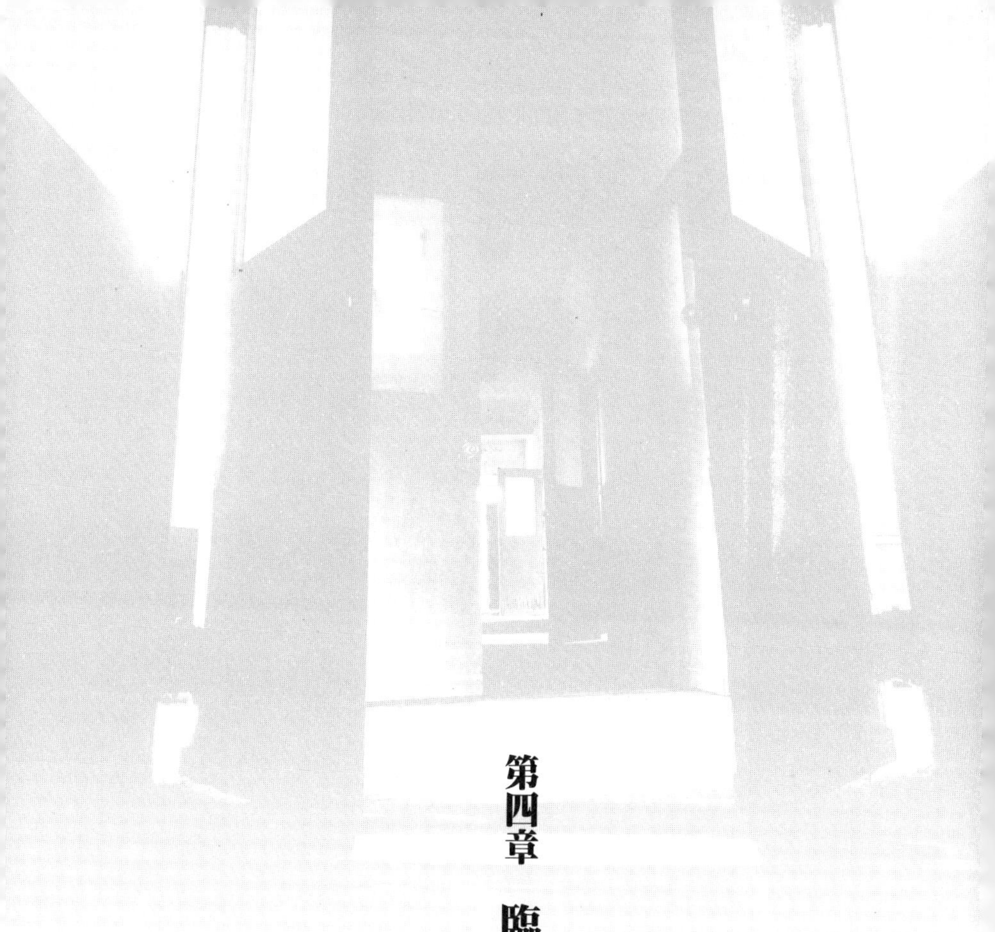

第四章 臨門一腳

天上那骯髒污濁的濃雲厚重得像是要墜落一般，但有塊角落的雲淡些，能夠見到更上頭的夜空，那極難得露面一次的月亮，是紅色的。

時而拂過街頭的風，終年帶著腥黏的臭氣，吹颳著這城市裡一棟棟古舊破爛、漆黑油膩的大樓或平房。

街道上行走的人個個茫然無神，像是連他們自己都不知道從何而來、接著又要走向何方。

這裡是陰間，陰間的風和雲，街道和月亮，比起陽世都醜陋了許多，至於陰間的「人」，比起陽世，外觀上自然也醜了些，但內心倒是差不多。

一個鬼鬼祟祟的傢伙，戴著一副寬大的墨鏡，穿著破爛的風衣，四處東張西望著，他一手提著一只水壺，另一手放在大衣口袋裡，接連走過好幾條街。

這墨鏡男就像是兜售黃牛票的小販，見哪裡人多便往哪裡去。他神祕兮兮地問著那些被他喊住了的人，說：「想不想上去？」

「上去哪？」那些人大都會這麼問。

「去哪？」墨鏡男便露出一副高人一等的神情，不屑地取笑。「當然是陽世，難道能上天庭？」

「陽世？」那些人們聽到這兩個字後，開始出現不一樣的反應。

「我已經有許可證了，還是三年期的，不用不用。」有的人會這麼回答。

「陽世，我剛回來，謝啦，用不著。」也有的人這麼回答。

「什麼鬼地方，白天熱死人，晚上沒事做，我在陽世沒朋友，你要去自己去吧。」更有人這麼回答。

但墨鏡男並不死心，他走過一條又一條街，攀問著一人又一人，最後見到了一群人，他走了上去，這麼對他們說：「嘿，老兄，想不想上去？」

「上去……陽世？」其中一人這麼問，這人的臉看來並非善類，一副痞子樣，臉上還有一道好長的傷疤，猶自滴著血。「你有門路？」

「有呀。」墨鏡男點點頭，露出一抹狡獪的笑容，他的兩顆上門牙都沒了，口裡還缺了許多牙，而其他剩下的牙看來也黑黑爛爛的。他擱在大衣口袋裡的那隻手，終於掏了出來，還捏著一疊紙片。他神祕兮兮地說：「新的鬼門，這兩天開，消息很新，條子絕不知道。」

墨鏡男揚了揚手中那疊紙片，說：「這是地址，一口價，三百萬。」

「三百萬……」那男人看來有些遲疑，他和身邊的夥伴們相視一眼，討價說：「我只出得起一百。」

「一個人一百。」墨鏡男隨手點了點眼前幾個男人。

「什麼！」那帶頭的刀疤男人眼睛一瞪，咧嘴說著：「難道你這一疊都不同地址？憑什麼照人頭算錢？我只買一張，我看完帶兄弟去，你管得著？而且誰知道你說的是眞的還假的，要是假的，我不就白花錢，到時候，我要怎麼找你算帳？」

「嘖……」墨鏡男歪著嘴巴，像是在盤算著什麼似地，他即便不摘下墨鏡，都能讓人察覺到他墨鏡底下那雙眼睛的奸巧和猥瑣。他瞥了瞥這男人身旁幾個人，模樣可都不是善類，他們即便「上去」，多半也是尋仇，不論如何，在這當下是不能和他們撕破臉的。

墨鏡男咧開嘴笑了笑，換了副口氣說：「好吧，就當給各位大哥一個面子，我給大哥一個超級折扣，這地址賣大哥你五十萬，大哥你先付一半，我帶各位上去，成的話再向大哥你收二十五萬。」

「哦！」那男人可沒料到這猥瑣傢伙會開出個這麼爽快的價格，爽快得讓他有點懷疑，但既然他要帶路，那是最好。男人想了想，又說：「這樣好了，我先給你五萬，你帶我們上去，我再補你九十五萬，等於讓你多賺一倍。」

「啊，這麼好。」墨鏡男也有些驚訝這男人挺豪爽的，但隨即想通，若這幾個傢伙上陽世是爲了向生人討點紙錢花用，那麼打賞個百來萬對他們來說，也是九牛一毛了，墨鏡男立刻向那男人遞去一張紙條。「就是這個地方，前幾天就開門了，不過還不穩定，若要等門完全打開，可能得再等一、兩天，各位大哥可以先去碰碰看，也可以三天後在這地方會合，由小弟親自帶路。」

「嗯，好。」那男人看著紙條，他見墨鏡男還在他面前嘻嘻笑，便轉頭朝一個夥伴喊了一聲。「給他五萬。」

墨鏡男接過五萬冥弊，嘿嘿笑著向那群男人告別，將五萬收進大衣口袋，開心地吹著口哨，繼續左顧右盼起來。跟著，他又見到前方幾步外一張破爛長椅上坐著個男人，那男人懶洋洋地倚著長椅，朝著這頭張望。

墨鏡男來到那男人面前，看了他幾眼，那男人也目不轉睛地瞅著墨鏡男瞧。

「怎麼，兄弟，這麼落魄啊？想不想發達？」墨鏡男抖了抖手上那疊紙條，說：「這是鬼門的地址，一百萬，可以上陽世，你隨便找個活人恐嚇一下，要他燒菸、燒酒，或是燒個幾百億下來，你就發達了，怎樣？」

「發你老母。」那男人一頭亂髮，哼哼地說：「這樣就能發達，你他媽還在這裡賣這玩意兒?」

「嘖……」墨鏡男見這男人說話嗆人，不免有些怒氣，他立刻起身，呸了一口，罵了句髒話，轉身就走。

「等等。」那男人喊住了墨鏡男。

「哼?」墨鏡男回頭，見那男人向他招手，便哼哼地說：「幹嘛?反悔啦?想通啦?知道這東西的好處啦?」墨鏡男一面走回那男人身邊，一面揚著手說：「剛剛一百萬你不要，老子不爽，現在買要兩百……啊，算了，一百五好了，你要不要?」

「你賣他們五萬，賣我一百五?」那男人睨著眼瞅著墨鏡男。

「他們上去之後還會給我尾款啊!」墨鏡男氣呼呼地說。「你到底要不要，好，你要比照他們也行，五萬，上去再給九十五萬，怎樣，這是底價了，難道你連五萬都拿不出來?」

「拿是拿得出來。」男人站了起來，拍了拍墨鏡男的肩，說：「但老子不爽買，老子不但不爽買，而且還偏偏要知道地方，現在就帶我去吧。」

「什麼?你……耍無賴啊!」墨鏡男見男人擺出這態度，立刻張牙舞爪起來，他嘴巴張得極大，怒罵著：「你混哪裡的?你知不知道我是誰?你……」

「我當然知道你是誰。」男人打了個呵欠，一把揪住了墨鏡男的頭髮，另一手伸出，揭下他的墨鏡，盯著墨鏡男那雙鬥雞眼，隨口說著：「你這臭俗辣雞，老子不過放了幾個月大假，你就把我忘得一乾二淨啦？以前我是怎麼跟你說的啊？」

「啊……啊……」那墨鏡男努力轉動著鬥雞眼，骨碌碌地盯著男人的臉瞧，好半晌之後才想起了什麼。「你……你是曉武哥！你……你不是……不是……被停職了嗎？」

「停你老母！」這男人自然便是牛頭張曉武了，他瞪著眼睛，拍著墨鏡男的臉說：「老子是放長假，現在假快放完了，要回來上班了，怎麼，有沒有很想我啊？」

阿武在半年前的一次出勤任務中，和另一位城隍爺底下某個叫作「宋達」的馬面起了衝突，阿武毆打了那個馬面。

經過上頭調查之後，阿武被停職四個月。一開始，他頂頭上司城隍俊毅擔心他受到對方勢力的報復，要他乖乖待在城隍府裡，別亂走動，但時間一久，阿武便耐不住性子了，開始在城隍府附近蹓躂，逗逗鬼貓、鬼狗、鬼小孩。

這些天他停職期限漸進入尾聲，他又可以繼續當牛頭了，蹓躂的範圍便越來越大，就想快點找事做。他亟欲知道那個渾蛋宋達現在到底在玩什麼把戲，這幾個月俊毅的轄區內出現一堆亂七八糟的狗屁糾紛，俊毅底下的牛頭馬面都在猜測是宋達及其直屬上司在暗中搞鬼，就是苦無證據。阿武和宋達結下不少梁子，他迫不及待想返回崗位，好好處理這些案子，反將宋達一軍。

「什麼寶貝，拿來瞧瞧。」阿武將墨鏡戴回墨鏡男臉上，一把搶過他手上那疊紙條，拿在手上看了看，哼哼地說：「又是鬼門？盲雞，你消息哪來的？」

「我……我也不知道，是個陌生人賣給我的……」這叫作「盲雞」的鬥雞墨鏡男，此時氣焰全失，他在陰間是個小俗辣，專幹販賣這類違禁品或非法物資之類的小勾當，被阿武逮過許多次，也被揍過許多次。「我問他哪來的，他說不知道，他也是和別人買的。」盲雞這麼說，一面指著剛剛向他買了地址，走到三條街外的那群男人說。「說不定他們也會把消息再轉賣……」

「是啊。」阿武哼了哼，說：「找個活人恐嚇要錢，哪那麼容易，被牛頭馬面逮到，可有得你受了。廢話少說，你現在帶我去這地方。」

「哦……」盲雞吞了口口水，本來想找點藉口開溜，但見阿武抖了抖西裝外套，露出內側那把甩棍，便知道若不配合可能要吃苦頭了，只好乖乖地帶路，帶著阿武往那地址走去。

□

五層高的透天公寓，外圍牆上爬滿了怪異的藤蔓，大門破爛鏽蝕，歪斜地掛在門欄上，輕輕一推，便發出了嘎吱嘎吱的腐鏽摩擦聲。

前院雜草叢生，正廳的大門也敞開著，幾扇窗子的玻璃在多年前就已碎光，地上一點玻璃渣都沒有。

阿武瞥了盲雞一眼，問：「就是這裡？」

「應……應該是吧……」盲雞怯怯地說：「我……我前幾天來看過，門還沒開，現在應該開了吧……」

「應該開囉？」阿武推了盲雞一把，要他繼續帶路，一面在後頭罵：「幹咧，這兩個月我們地盤上已經開了三次鬼門，全都是非法鬼門，一堆偷渡鬼跑上去陽世鬧事去了，害我們新來的馬面小妹妹連跟大家吃火鍋的時間都沒有，再加上這次，就是第四次了，到底是誰在搞鬼？你有沒有消息？」

「沒……沒有……」盲雞連連搖頭。「我什麼都不知道啊，曉武哥……」

「哼……」阿武沒有追問，他知道這俗辣雞的個性。

盲雞生前是個雜碎，是那種可以為了討個幾萬元花願意把老婆讓給其他男人取樂的雜碎，這類型的雜碎雖然令人厭惡，但有些時候卻也是最好用的工具。宋達若要在俊毅的地盤上搞事，盲雞這種角色是最好用的棋子，甚至不需要宋達親自出面，只要透過一個又一個的嘍囉傳話放消息，盲雞或許連幕後主使人是誰都不知道。

「呃？」一個男人站在正廳中，和踏步走入正廳的阿武打了個照面，他先是一呆，跟著問：「你……也要上去？門好像還沒開……」那人還沒說完，見阿武臭臉冷笑，突然有些警覺，同時他又看了看阿武那身縐巴巴的西裝和長褲，猛然一驚。「你……你是陰差！」

男人高聲一叫，轉身想跑，立刻被阿武揪住了後領。他猛一掙扎，將阿武甩得向後仰倒，男人也嚇了一跳，趕緊連聲道歉，還上前攙扶阿武。「不好意思啊長官，我……我也被你嚇一跳。」

「幹！」阿武拍開男人伸來攙扶的手，跳了起來，他沒戴上牛頭面具的時候，力量並不突出，稍微有點道行的鬼都能摺倒他。阿武有些惱羞成怒，從外套裡抽出那陰差甩棍，倏地甩出，高高揚起，怒氣沖沖地喊：「好大膽，敢襲警啊！」

「對……對不起啊長官，我不是故意的！」那男人後退幾步，連連搖手道歉。

「閃開啦——」阿武無心追究，一把推開那男人，大步走上樓梯。

「長官、長官！陰差大人——」男人突然高聲大喊：「陰差大人留意一下，樓上很髒啊……」

「幹，你在通風報信？」阿武猛然警覺，底下那男人這樣嚷嚷，是喊給樓上的夥伴們聽的，他雖然惱火，但當下也沒時間回頭追究，他反而加快腳步，往上直奔。

二、三樓鬧哄哄的，顯然聚集不少人，他們聽見底下的喊聲，騷動起來——

「啊，好像是陰差找上門啦！」「怎麼那麼快？」「怎麼辦，門還沒開嗎？」「大家分頭找，把所有門都打開，看看到底從哪上去，媽的！」「要逃嗎？」「別慌，反正找不到就裝傻，我們就當是來露營，條子能拿我們怎樣？」「這大衣櫃算不算門吶？」「昨天打開過了，沒有。」「再開開看呀，媽的！」

「！」阿武奔到二樓，只見樓梯兩側房間裡聚集的人比他想像中還多，三樓、四樓似乎也有人，他暗暗感到吃驚，倘若這些人都是宋達的人，那麼此時的他處境可有些不太妙。雖說這裡仍屬俊毅轄區，但陰間比陽世更加黑暗，俊毅被大部分城隍爺排擠，孤立無援，如果那些敵對的城隍和牛頭馬面真要全面開戰，也不是不可能的事。

即便如此，阿武可不能轉頭就逃，他摸了摸西裝內側口袋，牛頭面具還帶在身上，雖說離復職之日還有幾天，但若真碰上危險，也顧不了那麼多。

「幹嘛、幹嘛！」阿武揚著甩棍，大步走入一間房，大聲喝叱著房裡那五、六人。「這麼多人聚在這邊想幹嘛？打麻將喔？你們在找什麼？啊？」

「沒啊、沒啦……」「大人，你多心了啦。」「我們聚在這邊聊天而已。」幾個男人彼此看了看，紛紛堆出笑容解釋。

「幹！聊天？騙肖喔！聊天要帶著大包小包喔，你們是聊天還是露營啊！」阿武皺著眉，快速打量這房裡的一切。這房間十分寬大，除了一張雙人床外，一旁還有座巨大的衣櫃，衣櫃髒污陳舊，櫃面滿布大片大片不知是黴還是焦痕的油黑污跡。

「喂，那個誰，你手在幹嘛？你在藏什麼？閃開閃開！」阿武見到那大衣櫃前有個男人鬼鬼祟祟地伸手按著衣櫃門把，立刻嚷嚷威喝。

「沒……沒有啦。」那男人連忙收回手，笑嘻嘻地搖著頭。

「沒有就閃開！」阿武上前推開他，上下打量了這大衣櫃，還伸手敲了敲。「裡面藏了啥小？」

阿武邊說，邊試著拉開那衣櫃門，但不知怎地，裡頭像是有股怪異的力量黏住了拉門，使得阿武無法輕易打開；同時，從衣櫃門縫裡，颳出了一陣陣熱風，那熱風吹在阿武和其他人身上，都讓他們感到一種十分不適的灼熱感。

「幹——」阿武有些惱火，猛力一拉，終於將衣櫃門拉開。他感到那股灼熱的風迎面撲來，同時隱約見到衣櫃裡似乎窩藏著人。他看不清那是男人還是女人，但似乎還不只一個，他們像受了驚嚇的小鳥般躁動著，阿武還來不及看個仔細，只覺得眼前一個影子一晃。

轟——

一隻腳伴隨著炙熱的暴風從衣櫃裡蹬出，結結實實地蹬在阿武臉上。阿武怪叫一聲，竟被這腳踢飛極遠，翻過了那張雙人床，轟隆摔砸在靠窗的牆面上。

房裡的人都嚇傻了，還不知道發生什麼事，站得遠的人紛紛探頭望向阿武，只見他癱軟著一動也不動，竟然被踢得昏了過去。

大夥兒跟著看向衣櫃，只見那灼熱風暴漸漸止息，裡頭黑漆漆的，沒有人、沒有腳，只有幾疊像燒爛了的漆黑衣物灰跡。

大夥兒你看看我、我看看你，其中一個膽子大的走近那衣櫃，將拉門拉得更大了些，看了看裡頭，他說：「我聽說鬼門打開的那瞬間得躲遠點，不然會被陽世的空氣燒到，要等一段時間才能進去。」

「一段時間是多久？」「現在可以進去了嗎？」「我也不知道，不然你試試……」

「好，我來試試……」

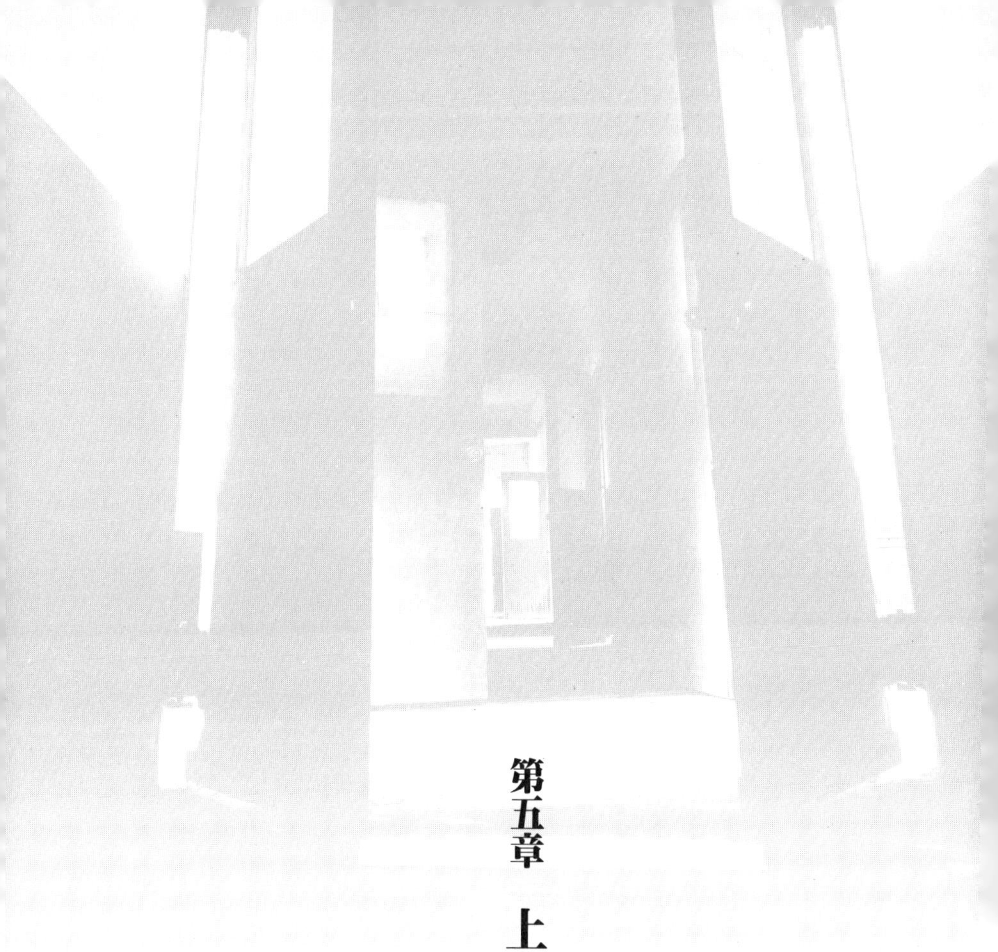

第五章　上身

「唔……」思文用力搖了搖頭，睜開眼睛，眼前一片明亮，衣櫃的門是打開的，但那漆黑的房間、古怪的人、腥臭的冷風全都消失無蹤。

思文看了看身旁，小奇、美花、溫溫、滿福，全都看著她。

「大家沒事吧？」思文趕緊摟了摟溫溫，說：「溫溫別怕，沒事了……沒事了……」

思文鑽出衣櫃，將小孩們一一抱出，緊張地檢視著他們身上有無外傷。「怎麼樣，會不會痛痛？身上有沒有地方會痛痛？有的話趕快和文文姊姊講……」

小奇搖了搖頭，其他小孩也搖搖頭。

「大家快回小教室，姊姊把這裡收拾一下。」思文這麼說，跟著手忙腳亂地將衣櫃裡的小夜燈、小鋁棒、手電筒都撿出來，再將擱在床上的衣物堆回衣櫃裡。她拉上了衣櫃門，倚靠在門上望著窗戶，重重地深呼吸，她仍然不明白剛剛究竟看見了什麼。

思文轉頭，見到小奇等人還默默地站在原地，她心想或許他們也嚇得呆了，便趕緊帶著小孩們下樓，回到小教室。

「小奇，你剛剛……在衣櫃裡，有沒有看到什麼？」思文這麼問小奇。

「沒有。」小奇望著思文好半晌，這麼回答。

「……」思文看著小奇，心中有股說不出的異樣感，不知怎地，她覺得小奇的雙眼看來有些陌生，她再看看溫溫、看看美花、看看滿福，他們也都變得有些陌生。

「大家……剛剛都沒看見什麼?」思文又問了一次。

「沒有，我們什麼也沒看見。」溫溫搖搖手說，她和幾個孩子相視一眼，然後望著思文這麼問：「請問一下，您……是幼稚園老師?是我們的老師?」

「呃……」思文讓溫溫這樣問，一時之間竟然不知道該怎麼回答。眼前這個小女孩，外表是溫溫，但神情不是溫溫；聲音是溫溫，但語氣不是溫溫，這令思文有種莫名的錯亂感。

「溫溫妳怎麼了?怎麼這麼問?」思文勉強擠出笑容，她拉著溫溫，一面向小奇、美花和滿福招手，一面說：「來，大家坐好，今天玩太久了，我們來上課。」

小奇等聽思文這麼說，卻都沒有動作，而是你看看我、我看看你地佇在原地。

溫溫先開了口，她指了指小奇等人，說：「你們沒聽到老師說話啊，來上課啦，還不來坐好。」溫溫一面說，一面找了個地方盤腿坐下，坐姿活像是個大男人。

「啊……要上課喔……」小奇等人有些不甘願地來到溫溫身旁坐下，低聲交談著。

「沒辦法啊，現在天還沒黑，也沒別的地方好去。」「下面那些陰差大概已經等著逮人了，天一黑我們就各自閃人，現在大家安分一點啊。」

「……」思文不禁感到有些害怕，她忍不住問：「美花，妳跟滿福講什麼？美花……」

「美花……喂，叫妳啦，美花。」小奇推了美花一把。

「哦？我是美花？」美花指了指自己，接著看向思文，她見思文害怕地望著自己，便笑嘻嘻地回答：「老師妳好，老師是美女喔，眞棒，來上課吧，來來來，大家幫美女老師拍拍手，上課囉，誰是班長？」

「對，拍手，給老師拍手。」溫溫聽美花這麼說，也跟著附議，大拍著手，以往連數手指都會數錯的溫溫，此時拍手的動作，竟像是參加競選造勢大會那類場合般地老練。

這陣熱烈宏亮的掌聲並不能讓彷如置身冰窖的思文感到暖和些，反而讓她更恐慌了。平時最討厭上課的四個孩子們，此時乖乖地坐成一排，還鼓掌歡迎自己，照理說這很令人欣慰，但劇烈的變化緊接在先前那衣櫃異象之後，讓思文無法裝作什麼事都沒發生。

她知道孩子們的身上必然發生了什麼變化，她覺得身爲四個孩子保姆的她，應該做些什麼來讓眼前等著上課的乖孩子，變回以往那會吵架、打架、尿尿、愛哭的小傢伙們，但她完全不曉得該做些什麼，她只知道這樣的異變一定和在衣櫃當中所見到的情景有關，但那究竟是怎麼回事？

此時的思文，即便是想破了頭，也無法思索出答案。

她僅能從以往所看過的恐怖片或是驚悚小說當中的模糊印象，隱約得出一個她很想要大力搖頭否認的籠統答案——

有四個陌生的傢伙，附在孩子們身上。

「……」思文一想至此，忍不住掩住了口，這種莫名的恐懼讓她幾乎連眼淚都要掉下來。她趕緊轉身，不想讓孩子們或孩子們身體裡的那些傢伙察覺到她的恐懼，她步出小教室，急匆匆奔到廁所，關上了門，隱約還聽見孩子們用不屬於他們的語氣交換著一些她聽不懂的話語。

思文站在洗手台前，忍不住哆嗦著，眼淚在眼眶裡打轉。她取出手機，看著螢幕，此時訊號恢復了，她想打給張大姊，但卻不知道該如何開口說明事發經過。

咚咚——

突如其來的敲門聲，讓思文猛然一驚，差點將手機給掉了，她望著門，心頭怦怦跳。

「老師——」溫溫的聲音從門外傳入。「對不起，是我們不好，我們故意串通好要嚇老師的啦，我們下次不敢了，老師快來幫我們上課好不好？」

「對啊，我們是跟老師鬧著玩的啦。」「老師快出來，我們等妳上課。」滿福和美花也一齊附和，但思文當然知道情況還是不對，溫溫不會那樣說話，美花和滿福也不會叫她「老師」，他們都叫她「文文姊姊」。

思文打開門，但只露出一條縫，她透過門縫看著溫溫，溫溫看來好陌生，站在溫溫身後的美花、滿福和小奇，也都好陌生，若說他們剛剛的神態像是四個大人，那麼此時他們的神態，則像是四個裝小孩的大人，這讓思文感到更加害怕。

思文趕緊關上廁所門，還上了鎖，背著廁所門緩緩坐倒，她抹去突然掉下來的眼淚，按下手機號碼，即便她想不出合理的說詞，她也要向張大姊求救了，她覺得只要自己照實說就行了。

但她的手機撥不出去。

訊號又斷了。

呼——呼——

嘎嘰——嘎嘰——

聽起來像是風聲和腐舊老門的門軸摩擦聲，思文猛然一驚，這個聲音她剛才也聽過；跟著，她聞到了味道——

腥味、臭味。

再跟著，她覺得眼前的景象模糊混亂起來，像是有兩種影像重疊在一起，對不了焦而出現的怪異畫面。

其中一個畫面是廁所，張大姊家的正常廁所；另一個畫面還是廁所，老舊、昏暗、骯髒、滿布黴斑水痕且瀰漫著惡臭的廁所。

而且還有一個男人，似乎就是那個被她踢著了的男人，正站在洗手台前揉著下巴，還撇頭看著自己。

「啊——啊——」思文嚇得尖叫不已，她從小到大不曾這麼害怕過，她用盡全身的力氣哭吼狂叫，雙腳不停亂蹬。她害怕那個男人突然撲向她，像電影裡的惡鬼那樣啃噬她的脖子。

男人蹲了下來，伸出手往她的臉抓來。

「哇——」思文不知哪來的力氣，她一巴掌賞在那男人的臉上，將那男人打得飛彈好遠，轟隆地又撞上廁所牆面。

思文尖叫著站起，轉開門把往外逃，但她只跨出兩步，就嚇得無法再往前了，眼前所見到的客廳，分明是張大姊家，但卻又絕對不是張大姊家。呈現在她眼前的，就像一瞬間經過了二十年且無人打理的客廳。

窗戶只剩下窗框和殘餘的玻璃碎片；沙發髒得幾乎成了黑色；電視機傾倒破碎；茶几、櫃子全傾垮毀壞；地板、天花板全是斑剝污跡和亂爬的藤蔓；幾盞燈黯淡地閃爍不已。

「幹妳老師咧——」一聲怒吼自思文身後爆來。

思文轉頭，見到那男人摀著臉頰朝她跑來，嚇得狂叫不止。她逃往大門，卻見到大門處站著一個猥瑣男子，皮膚灰白，咧開的嘴全是烏黑的唾液，她「啊」地一聲，轉向往樓上逃。

「閉嘴！」阿武氣急敗壞地朝思文撲了上去，抱住了思文，卻阻止不了思文奔跑之勢，反被她拖著上二樓。

思文見到一頭亂髮面無血色的阿武抱著她，嚇得哭叫不止，像是拍蟑螂般揮手亂打起阿武的頭臉和雙手。

「幹……」阿武只覺得思文隨意亂拍的擊打，力道有如球棒砸擊，沒戴牛頭面具的他終於鬆開了手，滾下樓，蹣跚地掙扎站起。

「曉武哥……你要不要緊？她……她是誰啊？」盲雞見到這景象，也不禁嘖嘖稱奇，他上前兩步，問著阿武。

「幹！這是陽世的活人，媽的！」阿武揉著身上各處，氣急敗壞地朝盲雞大吼：「你們這些傢伙串通陽世法師開鬼門，拿捏沒有分寸，把陽世活人也招進陰間，上次闖進來的那個活人差點搞死我們兩個兄弟，你知道這有多嚴重嗎？你他媽嫌當孤魂野鬼太無聊，想去十八層地獄逛逛是吧？」

「我……我沒有！我什麼都不知道，我也是從別人那聽到這裡可以上去的，根本不知道什麼陽世法師，曉武哥，你可不能冤枉我啊——」盲雞哀號喊著，他聽說過閻羅殿十八層地獄的厲害，絕不想去逛逛。

「那你現在給我去探探消息，這王八蛋鬼門到底是誰搞出來的——」阿武一面取出手機，一面朝盲雞怒吼。

盲雞一聽阿武暫時不追究他亂賣鬼門情報，連忙點頭，轉身就跑。

阿武揉著脖子，按著手機準備求救，但此時門口已傳來了呼喊。「裡面發生什麼事？」

一個個頭矮小的馬面奔進客廳，左顧右盼，一見阿武便大聲喊：「曉武哥！你怎麼也在？」

這馬面是女孩的聲音，穿著的制服也和尋常牛頭馬面有些不同，像是特別訂製的外套和短裙，短裙裡還套著件黑色緊身褲，腳下踏著厚底鐵蹄鞋，那厚底圓頭鐵蹄鞋比起一般男性牛頭馬面穿的黑皮鞋可厚重許多。

「小愛愛！」阿武像是見到救星一般，他指著樓上。「又是鬼門，上面還有個陽世活人，我現在打給俊毅，要他增派人手。」

「啊——」這女孩馬面叫作顏芯愛，是四個月前新上任的馬面，資歷雖淺，但能力倒不差，聰明機靈，還有跆拳底子，腳踏鐵蹄鞋，對上那些流氓惡鬼或通緝要犯，可絕不含糊。而且她極富正義感，值勤也格外認眞，在阿武遭到停職之後，立刻塡補上他的空缺，這讓城隍俊毅調派人手時不至於捉襟見肘。

芯愛一聽樓上有陽世生人，不禁皺了皺眉。鬼在陽世具有靈通能力，人在陰間則是力大無窮，幾乎可以比擬那些需要出動兩、三個牛頭馬面才能夠制伏的枉死厲鬼。

這些日子俊毅轄區接二連三出現非法鬼門，除了讓一些買不起陽世許可證的野鬼們紛紛偷渡上人間之外，更有傳聞好幾個組織的小集團受人指示從外地專程過來，透過這些非法鬼門，在俊毅轄區搗亂。

「小愛愛，別急啊，等保弟他們支援。」阿武見到芯愛奔上樓梯，急得追在後頭喊。「生人在陰間很難對付啊，上次保弟差點掛掉！」

「我先拖住那活人，跑上街更麻煩。」芯愛這麼回答，縱身一跳便上了二樓。

「是個笨女人，妳試著勸勸她，別跟她硬打！」阿武一面提醒一面追在後頭，他見芯愛快速看過二樓兩個房間，一無所獲之後，又追上三樓。阿武本來要跟上的，但突然聽見二樓房間傳出一聲細微的喘鳴聲，像是一個女孩因為極度驚恐而強忍著的嗚咽啜泣。

「……」阿武走進房間，是剛剛那間有著巨大衣櫃的房間。

是張大姊的房間。

思文躲在衣櫃裡，那是她在腦袋極度混亂中，唯一想得到的安全之處。

「哈囉……」阿武繞過床，隔著大雙人床遠遠朝衣櫃喊：「小姐……妳在裡面嗎？妳……不要那麼害怕，妳可以聽我說幾句話嗎？」

「你是誰！這裡是哪裡？你是鬼對不對？你是不是鬼？」思文哭著崩潰大喊。

「啊！在那兒啊──」芯愛在樓上聽見底下的對話，趕緊下樓，也進了這房間。她甩出甩棍，望了阿武一眼，像是在等待阿武的指示。

「別急……」阿武朝衣櫃說：「小姐妳冷靜點啦，這個嘛……我是鬼沒錯，至於這裡……這裡是陰間……」

「陰間！」思文嗚嗚哭著：「爲什麼我會在陰間，你到底是誰啦！」

「我已經說我是鬼啦！幹……啊抱歉，不是罵妳，只是語助詞，妳別怕，鬼也是人變的，就和人一樣，只是有的鬼比較醜一點，有些鬼比較帥一點，像我就是比較帥的那種。總之我不會害妳啦，我是條子耶，人民保母耶，我是好人啦……」阿武好聲好氣地安撫著思文，但思文腦袋一片混亂，先是聽阿武自稱是鬼，又聽阿武說這兒是陰間，早已嚇傻了，哭個不停。

芯愛突然插嘴：「小姐，妳一直哭，到底想不想回陽世啦！」

喀啦──衣櫃門拉開一條縫，思文湊在那門縫後頭害怕地看著阿武和芯愛。

「我……我要怎麼才能回去？」

「我已經通知我們弟兄帶工具來了，我們會把妳弄回去。」阿武這麼說。「妳怕的話，可以繼續待在裡面，不怕的話，可以出來聊聊，反正待會妳還是要出來，我們才能幫助妳。」

「……」思文聽阿武這麼說，便抹了抹臉，拉開衣櫃門，害怕地走出衣櫃。

「妳是大學生嗎？」芯愛來到床沿坐下，手中還握著牛頭馬面專用的墨黑色甩棍。

「我畢業了……」思文抱膝蜷縮在角落，愣愣地望著眼前這個頂著一顆馬頭卻穿著裙裝的傢伙。她怯怯地問：「妳……妳也是鬼？妳是女鬼嗎？」

「對啊。」芯愛回答：「妳命比我好，我還沒讀大學就死了。」

「啊……」思文愣了愣，問：「爲什麼呢？」

「就死啦，哪有爲什麼。」芯愛呵呵一笑，她見思文盯著她手上的甩棍，像是有些害怕，便說：「妳別怕，其實我比妳更怕，所以我不敢放下武器。妳們活人來到陰間啊，就跟電影裡的怪物闖入人間一樣可怕，我和阿武哥聯手可能還打不過妳，我超怕妳突然發瘋呢。」

「我不會那樣……」思文搖搖頭。

「妳是怎麼來到這裡的？」阿武站在窗邊，突然回頭問。

「我……我也不知道……」思文愣了愣，她大略將躲進衣櫥的前因始末說了一遍。

「那時我們突然聽見怪聲音，還聞到怪怪的味道……然後……然後就聽見外頭有人說話，接著就有個怪人打開衣櫃……」

「歹勢，那個怪人就是我。」阿武指著自己下巴。「然後妳一腳把我踢暈了。」

「啊……對……對不起，我不知道你是陰間的警察……」思文呆了呆，跟著又說起她清醒之後，四個小孩身上的異狀。「他們變得很奇怪，他們……他們……」思文卻不知該如何形容。「我很害怕……躲到了廁所，結果……結果後來一開門，又看見你……」

「對啊，又看見我，所以又賞我一拳……」阿武揉著猶自疼痛的臉，沒好氣地說：「媽的，那些傢伙肯定附在小孩身上了。」

阿武哼地一聲，握拳輕輕搥了牆壁一下，當時他被衣櫃裡的思文一腳踢暈，雖然很快醒轉，但四周早已無人，可想而知那些偷渡客趁鬼門開啓時溜入了陽世。「陽世現在是白天吧，那些渾蛋沒地方躲，只好躲在小孩子身體裡了，嗯？妳怎麼沒被附身？妳身上帶著護身符？」

「護身符？」思文愣了愣，搖搖頭。「沒有……啊……」她突然想起了什麼，從褲袋裡取出錢包，翻了翻取出一個摺成了方形的小紅袋。「這是我阿嬤的手尾錢，算是……護身符嗎？」

「不算，但多少有點效用啦。」阿武這麼說：「那些傢伙當然先挑好上的附身，現在那些小鬼身上大概擠著一堆鬼吧，媽的。」

「那我該怎麼辦？」思文驚慌地問：「我回去了，他們還是在嗎？」

「嗯……」阿武想了想，說：「不要緊，我和朋友打聲招呼，妳回去之後，就會有人上門幫妳。」

思文還不太明白，但見阿武取出手機，自顧自地講起電話，便也不敢多問，她有一搭沒一搭地和芯愛聊著，她聽芯愛說起自己的身世，不免有些同情，對芯愛的懼怕便少了些。

「如果我沒死，現在應該開開心心地當個可愛的搶手小大一，聚餐、跑夜景，而且交到男朋友了吧。」芯愛呵呵笑著，她生前是個品學兼優的好學生，死的時候才高三，她的姊姊早她三個月過世，芯愛是爲了找尋失蹤的姊姊才遇見了那個人——那個近五十歲的中年變態。

中年變態表面上看不出來是個變態，至少他有份固定的工作，似乎是某間便利商店的雇員，他和芯愛姊姊唯一的聯繫，是他們有一個共同的房東。

那棟老公寓的房東是個耳朵聽不清楚的老頭，在兩、三年前身體好些時，還能將出租老公寓管理得穩當妥善，但這幾年老頭漸漸失智，時常和房客發生糾紛。他總記不清楚哪些房客有繳錢，哪些沒繳，每個月初都吵得不可開交。漸漸地，房客紛紛解約出走，幾個老親戚三催四請，也請不回他那在外商公司擔任高階主管的兒子來處理這棟老公寓的租賃糾紛和安頓他的老爸爸。

中年變態搬進老公寓的第一天，芯愛的姊姊便聯合了同層樓中另一個房客一齊對老房東提出抗議，按照合約規定，男女房客必須分租不同樓層，但老房東竟讓那中年變態和兩個女孩同住一戶。

芯愛的姊姊住的是主臥室改成的套房，中年變態和另一個房客則各自住在不同的兩間雅房。當中年變態搬入後的第三天，那個在如廁時被外頭異樣喘息聲嚇得惴惴不安的女房客，在廁所裡發現了吸食毒品的器具之後，便趕緊趁中年變態上班時匆忙打包離開，她寧願毀約，也不要再住在那個鬼地方了。但她逃得太匆忙，匆忙到無法等芯愛的姊姊返回住處時勸告她盡快搬家，她只留下了字條，自門縫下塞進芯愛姊姊的套房裡。

但那張紙條沒能被芯愛姊姊發現，而是早一步落在那個懂得開鎖的中年變態手裡。

當天芯愛的姊姊遇害了。

芯愛是在學校通知家人時，才知道姊姊失蹤了，她和家人一同前往老公寓尋人，但找不到人，她那時還不知道，姊姊的遺體被那個中年變態藏在別層樓的空房中——老公寓大部分房客都離開了，懂得開鎖的中年變態在公寓裡如魚得水，像是帝王般。

不死心的芯愛，幾乎每天放學後都會前往老公寓按門鈴，盼能見到姊姊。

一開始，她總得不到回應，那時中年變態還在上班，但接著那中年變態總會在芯愛前來時出來應門，因爲那時他已被便利商店解雇。

中年變態似乎知道這裡待不久了，老房東過世後他的兒子要回來處理遺產了。那個高傲的房東兒子肯定不可能接手老公寓的租賃瑣事，他必定會付點違約金，趕快讓所剩無幾的房客遷走，將老公寓賣了。

而且天氣漸漸暖和，樓下那經他簡易封死的房間裡，藏著他簡陋處理過的遺體，應該將要被人發現了。

他想在臨走前再快樂一次。

先是姊姊，然後是妹妹。

光是稍微想想，他就好快樂。

他開門，告訴芯愛，說她姊姊回來了，正在房間收拾行李呢，因爲房東要趕人了。

於是芯愛便進屋了。

沒再出來過。

兩天後，心滿意足的中年變態，用同樣的方法，把芯愛的遺體也簡單處理過，藏在芯愛姊姊房間床下，然後離開。

變成了亡靈的芯愛，比警察更快找到那個中年變態，應該說，她一直跟著他。她在死去的那一刻，便一直看著他了，看著他連屍體都不放過，她感到極端憤怒和噁心，只是那時候剛成爲鬼的她，道行不足，還無法報復這中年變態。

芯愛足足跟了他一個月，看著他像坨會走動的屎般遊移在這座城市的陰暗角落。中年變態的作息時間和鬼一樣，總在黑夜活動，白晝潛伏。芯愛曾看著他搶劫行人，也曾看著他強姦婦女，她無能爲力。最後，那身無分文的中年變態似乎想幹一票大的，他擄來了一個小孩，想向小孩的父母勒索一筆錢。

那時候芯愛連日累積的憤怒終於回報在她的道行上，她附上中年變態的身子，她要開始報復他了。

「結果曉武哥突然跑出來抓我，那時我嚇死了。」芯愛這時提到那天的事，還忿忿不平。「但是最後，我還是弄死了那個人渣，那種人渣沒有活著的權利，就算下地獄，我也不後悔。」芯愛坐在床沿，望著自己那雙厚底圓頭鐵蹄鞋，又搖了搖手上的甩棍。「不過後來曉武哥建議我當陰差，這樣就不用下地獄了……」

那晚阿武和趙城隍手下的馬面宋達，一同現身逮捕枉死鬼芯愛，一個牛頭一個馬面還因此起了爭執，兩個陰差加一隻鬼在巷弄中追逐爭執，反倒讓那因芯愛離體而醒轉的中年變態獸性發作，要對小孩子施暴了。

總算搞清楚情況的阿武想對那孩子伸出援手，卻遭到宋達百般阻撓。宋達和阿武本來就有過節，趙城隍和俊毅也有過節，或者說陰間大多城隍都想要剷除俊毅這個不收黑錢、不和他們同流合污的城隍。或許因爲站在多數的一方，讓宋達對自己一切行爲心安理得，他似乎並不在意那活人孩子的生死，又或許他本來就是這樣的人。

阿武可沒閒情逸致去探究宋達的深層人格，他只痛毆了宋達一頓，讓芯愛得以脫身，去解救小孩，爲自己和姊姊復仇。

「然後……曉武哥就被停職了，哈哈。」芯愛說到這裡，哈哈大笑。

「原來是這樣……」思文聽得微微出神，她望著阿武向窗的背影，不禁對自己先前兩次出手感到有些愧疚，她對阿武說：「不好意思，張大哥，我那個時候太害怕了……我向你道歉……」

「啊，沒差啦——」阿武搖搖手。「妳們兩個女人別聊天了啦，保弟來了，幹，動作眞慢……」阿武見窗外遠遠飛來了牛頭馬面——保弟和大強，忍不住朝窗外大喊：「你們太慢了吧！」

「沒辦法，曉武哥……」馬面保弟氣喘吁吁地說：「前天鬼門又有陽世生人闖進來，我們搞好久才搞定……」

「眞他媽的……」阿武忿恨不平，怒罵著：「一定是宋達在搞鬼，我非扒了他的皮不可！」

「好了，快點送這小姐上去吧。」芯愛牽著思文的手站起來，她望了望思文，突然脫下那厚底鐵蹄鞋，讓自己矮思文半個頭，她說：「妳說話的樣子和我姊姊有點像，妳們講話都輕輕的，妳可以摸摸我的頭幫我加油嗎？以前每次她這麼對我加油，我隔天考試都考很好。」

「唔……好……」思文呆了呆，伸出手，在頂著一顆馬腦袋的芯愛頭頂上摸了摸，輕輕拂著芯愛頭頂至後頸上的馬面面具鬃毛。

「哈，好舒服。」芯愛呵呵笑著。

「靠夭喔，小愛愛妳不要三八啦，快把事情搞定！」阿武顯得有些不耐煩，他從保弟手中接過一只皮箱，打開後，裡頭是一疊符籙和一根藤條。

「曉武哥不要叫我『小愛愛』啦，難聽耶！」芯愛皺著眉頭抗議，她穿回厚底鞋，從皮箱中取出一張符籙，摺成六角狀，對思文說：「妳張開嘴巴，含著這張符。」

思文照著芯愛的指示，將那六角符含進嘴裡。只覺得那符有種說不出的怪味，但她不敢埋怨，緊閉著嘴，強忍著怪味。

「好啦，轉過去喔，忍耐一下，快回家了喔。」阿武持著那藤條，似笑非笑地來到思文身邊，還用手指畫著圈圈，示意她面向敞開的衣櫃。

「唔？」思文見阿武拿著藤條在另一手上輕輕晃動，一副級任老師要按考試成績少一分打一下的模樣，心中不禁有些害怕，但見到芯愛也指示她這麼做，只好乖乖轉身，雙手按在衣櫃裡。

「曉武哥，別太大力。」芯愛這麼提醒。

「不大力一點，打不回去，多捱幾下更慘吶。」阿武這麼說，還伸手按了思文後背一下，大聲說：「屁股翹高，一路順風啦——」

思文沒能回應，只聽見一聲響亮的鞭擊聲同時伴隨著屁股上的瞬間劇痛，她尖叫一聲，眼前閃亮一片，一陣陣暴風在她耳邊亂颳。她依稀聽見身後芯愛和阿武的說話聲離她遠去，他們似乎在說：「幹，不夠大力啊，打不回去。」「曉武哥，你認眞點，不要鬧她！」「我哪有……」

啪！啪——

又是兩下藤條抽擊，將思文鞭得眼淚又流了出來；她上半身伏在衣櫃裡，好半晌不再有動靜。最後，她睜開了眼，發現自己終於回來了。

思文站直了身子，只覺得屁股仍痛得難受，忍不住伸手揉了揉，她不但覺得有些委屈，更覺得有些羞辱，上次被打屁股，是她不到十歲時的事了。

但她沒能夠自憐太久，因爲小孩們就站在她身後。

思文趕緊轉身，驚恐地看著小奇等人，四個小孩或站或坐地聚在張大姊那張雙人床周圍，床上散落著瓜子殼和零食碎渣，溫溫嘴裡竟還叼著一根菸，他們瞪大著眼睛望著思文，像是也被突然現身的思文嚇著了。溫溫呆了呆，咬著菸說：「原來……老師大人果然跑到陰間去啦，這鬼門果然厲害！」

「溫溫！」思文一見溫溫嘴裡那根菸，突然有些惱火，她氣憤地指著溫溫說：「你……你附在小孩子身上，怎能讓小孩子抽菸，快把菸丟掉！」思文高聲喝叱，一面上前要搶溫溫手上那根菸。

「哇，老師生氣啦！」溫溫怪叫一聲，笑得跳下床，小奇等也一哄而散，尖聲笑著開始在房內亂跑。

「喂，大家不要亂！」滿福突然這麼喊，還停下了腳步，嚷嚷吼著：「不要亂，我們只是暫時躲著，不要惹事啊，搞凡人孩子，罪有多重你們不知道嗎？我們是上來求財的，求到了也得有本事平安帶回去花吶！難道你們想要變成通緝犯，被陰差逮著，下十八層地獄？」滿福這麼吼完，突然身子一抖，又變成另一個語氣，說：「你囉唆個屁，我如果搞到大錢，就收買陰差，要他給我個方便，以後錢要多少有多少，好不容易上來，誰給你當乖孩子，老子忍很久了，老子要玩女人！」

滿福這麼說，突然露出一臉豬哥樣，朝思文奔來，嘴裡還嚷嚷著：「老師啊，我不舒服，妳幫我檢查看看！」

「滿福！」思文驚恐地退到了門邊，她可沒料到滿福身上竟藏著不只一隻鬼。滿福抱住了思文大腿，還不停拍她屁股，這麼一拍，拍著了思文屁股上的鞭傷，痛得她尖叫一聲，反倒將滿福嚇得鬆手。

另一邊小奇等也各自掙扎起來，他們體內都躲著兩、三隻鬼，這批孤魂野鬼上來陽世有的爲了求財、有的爲了探親、有的是爲了尋仇、有的則只是純粹湊湊熱鬧，各自目的不同，分寸拿捏上當然也不相同。

思文眼見一發不可收拾，卻又不知道該怎麼阻止，正急切間，大門電鈴突然響了起來。

思文想起阿武說過會有人來幫她，便趕緊下樓，奔出院子，開了大門。

她愣了愣，眼前站著的是一個十歲上下、戴著一頂鴨舌帽、揹著一只大背包的小男孩——

小歸。

小歸使用了擬人針，讓自己化出肉身，他這些天都在陽世閒晃，每晚則上他弟弟的小攤吃點東西，剛剛接到阿武的電話，說這地方被人開了鬼門，群魔亂舞，便過來瞧瞧熱鬧。

「你……」思文見小歸有一雙同樣遠大於外貌年齡的眼睛，忍不住害怕地連連後退。

「妳就是那個闖入陰間的年輕姊姊？」小歸望著思文，他過世近半個世紀，實際算起年齡都能當思文的爺爺了，但終究他十歲便死了，沒實際體驗過長大成人的感受；加上早些年飽受陰差和惡鬼欺凌，這讓他習慣用小孩子的身分來博取同情或是扮豬吃老虎，見到外貌年齡比他大的就喊聲哥哥、姊姊，也不吃虧，幾十年來都是如此。

「你……」思文有些訝異地問：「你就是張大哥的朋友，是來幫我的？」

「是啊。」小歸探頭朝客廳望了望，不等思文帶路，便直接步入院子，走進屋內。

溫溫等四個小孩，則聚在樓梯間，向外探頭看著，似乎也好奇是誰找上門來了。

「啊，是小歸爺。」「小歸爺來了！」溫溫等神情訝異，互相看著對方，同時體內不同野鬼，也聒噪爭論起來。「叫你們別鬧就是不聽，現在小歸爺都來了……」「去他媽的小歸爺，誰是小歸爺！」「你外地來的，當然不知道小歸爺！」

小歸三年多前在許氏集團總部大樓裡，曾拯救了陷入危機的許氏集團總裁許先生，許先生感念小歸救命之恩，往後每逢佳節普渡，都差人辦理盛大法會，那些燒下陰間的物資錢財，讓小歸成了陰間裡的大財主之一。

小歸有數十年的做鬼經驗，深知陰間黑暗，倘若他獨享這筆大財，即便他不惹是生非，照樣會被各路人馬生吞活剝，因此他一方面時常宴請陰間街坊、接濟陰間遊民，替自己樹立起良好的名聲和人緣；另一方面他更將六成以上的錢財獻入閻羅殿裡，和閻羅殿裡的某些人士也建立起不錯的關係，這讓一般的牛頭馬面多少也要給小歸一點面子。

俊毅雖然對小歸的賄賂行徑頗有微詞，但他也知道在陰間行事可不能全憑理想，至少小歸獻上的這些錢，並不是從善良鬼魂身上壓榨來的。而且多少減輕了閻羅殿裡某部分人士對俊毅的敵意，那些將俊毅視爲眼中釘的城隍得不到更高層的支持而不敢正式向俊毅開戰，只能私底下耍些小手段。

「你們夠了吧。」小歸伸了個懶腰，將眼前四個小孩環視一遍，說：「再不出來不要怪我動手囉。」

小歸一面說，一面從他那大背包裡取出一根電擊棒，搖了搖，還按下開關，讓電擊棒發出閃閃耀光。「閻羅殿的最新產品，我借來試用玩玩，哪個要讓我過過癮啊。」

當然，思文可是看不到這陰間的電擊棒，她只遠遠地站在客廳門邊，望著小歸和四個小孩的談判。她見到四個小孩又怪異地掙扎起來，嚷嚷著：「小歸爺，別這樣，現在大白天的，你要我們上哪去啊？」「是啊，會被曬死耶。」

小歸皺起眉頭，高高舉起電擊棒搖動著，還從背包裡又取出一顆閃光手榴彈，那也是陰差值勤時的配備之一。小歸本便有門路取得這些東西，他有錢之後，這些陰差配備對他而言像口香糖般容易到手，要多少有多少。他說：「你們要來陽世玩我是沒意見，但是一群大男人擠在孩子身體裡成什麼樣子？這屋子這麼大，找個陰暗角落窩著，太陽下山就滾去玩，別爲難女人、孩子吶。」

「各位——」溫溫搖搖手，喊著其他孩子。「聽小歸爺的話啦，陰魂附在活人身上，總是有不好的影響，何況這幾個孩子也太小了，要是出了個萬一，陰差追究起來，可不是鬧著玩的。大家是上來過癮的，不是和陰差開戰的！」「好啦、好啦……」「上哪去啊，難道要躲回那個大衣櫃裡？」「那樣會不會又從鬼門掉下去啊？」

一群野鬼就算不給小歸本人面子，也得給小歸手上那電擊棒和閃光手榴彈的面子，就連幾個本來專程上來鬧事的傢伙也不敢反對。便這樣，小歸領著一群野鬼，將四個孩子帶到了三樓一間儲藏室外，孩子們躺成一排，野鬼們一一離體，快速躲進那儲藏室裡。

「天一黑就給我趕快走啊，我這幾天有空就會過來看看，到時候看到誰就電誰，連警告的機會都不給，聽懂了沒？」小歸扠著腰，對著門喊，得到了那些野鬼們的回應後，才和思文將小奇等孩子揹下樓。

「怎麼辦？他們都醒不來？」思文望著小教室裡臉色蒼白的四個孩子，著急得不得了。「要不要叫救護車？」

「不用啦。」小歸攤攤手說：「讓他們睡一下就好，阿武說這裡被人開了鬼門，妳知道符咒下在哪嗎？」

思文呆了呆，搖搖頭說：「我……我不知道……」

小歸點點頭，說：「不知道就算了，現在底下應該在這棟房子周遭拉起封鎖線了，但如果眞有人要偷渡，阿武他們也無能爲力，他們有很多事要忙，不可能一整天都守在那兒，妳聽好，如果不希望今天的事再發生，那麼妳應該做點事。」

「呃……我……我該怎麼做？」思文這麼問。

「有沒有筆，我寫個地址給妳。」小歸向思文討了紙和筆，一面歪頭想著，還取出一支銀色手機。這支手機可是陰間最新款，比起陽世最新型的手機可一點也不遜色，手機中，甚至具備複製陽世ＳＩＭ卡的特殊功能——只要在陽世取得ＳＩＭ卡，放入手機掃描，手機便能獲得該張ＳＩＭ卡一切資訊和功能，能夠接聽陽世活人撥來的電話；加上雙卡雙待機，陰陽兩地都能任意通話。

小歸在那手機上指指畫畫，查詢了好半晌，這才寫下個地址。自然，未經小歸施法，思文同樣看不見小歸手上的手機，小歸的動作在她眼裡看來，倒像個風水師在作法。

「妳等等去這個地方。」小歸將寫有地址的紙條遞給思文。

「這是什麼地方……」思文拿了紙條看了看。

「這是一間廟，廟公人還不錯，妳就說小歸介紹來的，要他畫符給妳，畫兩種符，一種鎮宅用，一種護身用。」

第六章　小香包

五十來歲的老闆熟練地在兩碗圓滾飽滿的肉圓上頭淋上自製醬汁，站在一旁樣貌清秀的外籍婦人俐落地接過肉圓，端上阿武和小歸這桌。不一會兒，又端來兩碗貢丸湯和兩碟小菜。

「喲，混得不錯嘛，風生水起的。」阿武大口嚼著肉圓、喝著貢丸湯，四顧打量著這間小吃店。這是間坐落在夜市街一角的小店面，這五十出頭的小吃店老闆正是小歸的弟弟。「你多少有出點力吧。」

「多少出點力？」小歸翻了翻白眼，壓低聲音說：「我出了九成力！」

數年前，小歸這老弟弟在夜市擺攤，他的個性輕浮火爆，時常和人起衝突，且愛上酒家，將老父親的遺產揮霍將盡。小歸起初總是暗中替他排解紛爭，趕跑那些上門尋仇或討債的傢伙，但日子一久，他那老弟弟不但不珍惜自己每次碰上麻煩總能大事化小，反而覺得自己或許在不知不覺中學會了神打，三拳兩腳就能趕跑那些仇家和債主，不但酒店跑得更勤，且老愛在小姐面前逞威風，動不動就和其他客人嗆聲叫囂，也不管對方到底是什麼人物。

小歸明白這樣下去終究不是辦法，自己保得了他一時，保不了他一世，於是開始反其道而行，往後仇家一上門，小歸便等著看好戲，讓那些仇家狠狠教訓他那老弟弟，甚至主動附上仇家身子，親手教訓弟弟，讓他明白眞實世界的險惡。

三年前，小歸自許先生身上撈了不少錢財，跟陰差打好了關係，便更加隨心所欲地任意「教育」自己的弟弟。他時常托夢給他那老弟弟，當然，在夢裡他並不是以自己的樣貌現身，而是化成了他那死去且早已投胎轉世的老爸模樣來對弟弟說教，畢竟小歸死了幾十年，這老弟弟甚至早已忘記自己還有個哥哥呢。

小歸的教育方式十分嚴苛，起初可他那讓老弟弟吃足了苦頭差點活不下去，畢竟小歸是死於早年某次出遊時的意外墜崖，這讓小歸的父母因爲過度自責，反而對小兒子溺愛過了頭，將小歸的弟弟從一個頑劣小草莓，一路寵成了頑劣老草莓。小歸要徹底扭轉這個局面，他化身成爸爸的模樣托夢訓誡弟弟，禁止他再上酒家。

老弟弟起初當然不以爲意，誰會在意那些摸不著的夢呢？他酒照喝、女人照玩、架照打；小歸更不以爲意，他只要動手懲罰就行了，以前爸爸不忍給予的教訓，小歸便乘上十倍讓老弟弟體會，要讓他深深刻在心裡，永難忘懷。

老弟弟終於發現事情不太妙，打架打不贏是一回事，頂多盡量不與人衝突，但他只要一上酒店，就會在廁所的鏡子裡見到他老爸瞪著憤怒的眼睛喝叱他，一開水龍頭流出的全是紅色的漿汁；侍應生會將酒灑得他滿臉，然後用他老媽說話的腔調吼他；當他氣急敗壞地叫老闆主持公道時，老闆便會換成他老爸的口氣賞他耳光，喊來圍事的大漢把他扔出去，或是揍一頓之後再扔出去。倘若他還是不死心，打電話找小姐回家玩玩，那麼那個小姐往往從廁所盥洗出來時，便會身子顫抖，變成了他老媽說話的口氣，一面流淚、一面講起他十二歲生日那年，是如何如何頑劣地將爸爸、媽媽貼心替他準備的三層大蛋糕砸了個稀爛，只因爲那成堆的生日禮物當中，少了他禮物清單裡的一支高級手錶，那是他早向同學們宣稱他即將擁有的。小姐會這樣講上一夜，他阻止不了，因爲倘若他想趕小姐出門，小姐就會變成他老爸的口氣罵他、揍他，揍到他無力反抗，然後才變回他老媽，重新把剛剛講過七遍的故事，再講第八遍、第十一遍、第二十三遍，直到曙光從城市的那端再現。

可想而知，這樣的場面多碰上幾次，再無賴的男人也會受不了。當然，道高一尺、魔高一丈，老弟弟不是沒想過改變作息，改在白天玩樂，但小歸可是死去數十年的老鬼，弟弟魔高一丈，小歸可以魔高三丈，他發財之後，有許多擬人針這類讓陰間鬼魂在陽世活動的道具供他隨意使用，甚至有許多陰間兄弟供他差使。老弟弟的小妙計毫無用處，終於崩潰，嚷著要自殺，說不想活了，求老爸、老媽放他一馬。

倘若是眞的老爸、老媽，或許便會答應了，但小歸心腸可沒這麼軟，他早年流落陰間，飽受欺凌，在黑暗的深淵中打滾了幾十年，見過各式各樣的人，他明白人性是怎麼一回事，他知道一個人倘若視死如歸，那麼這個人要嘛是義士、要嘛就是懦夫。老弟弟不是義士，也不懦弱，他只是無賴，無賴只會把尋死當成一種手段或道具，不會眞的去死，小歸這輩子看過幾千個無賴，他有一萬種對付無賴的辦法，要讓一個無賴求生不得、求死也死不了，對他而言一點也不難。

小歸只花了一個月，就讓老弟弟崩潰，接下來，他花了兩年的時間，教導老弟弟做人處世的道理，讓他的生活逐漸步上正軌。

在這樣的教育下，老弟弟總算存下了一筆錢，在小歸的指點下，買了間小店面，小歸甚至找了個廚師鬼，教導弟弟如何將肉圓煮得更美味，還開發出新的小菜和湯點。

不僅如此，小歸還派出幾個媒人鬼，花了半年的時間對許多女性展開身家調查，最後挑上了這個外籍婦人作爲老弟弟的歸宿。

半年過去了，小歸不再托夢，也不再干涉他弟弟什麼，只是偶爾使用擬人針，化爲小孩子的模樣來吃上一碗肉圓，或是在黑夜裡靜靜地看著他和老婆熄燈打烊，收拾店面。

「難怪這兩年你這麼忙，我還以爲你在搞什麼大生意哩。」阿武聽得瞠目結舌，他早知道小歸掛心他的老弟弟，時常逗留陽世照看弟弟，但可沒料到他費心到這種地步，連老婆都替弟弟找好了。

「你才知道，累死我了。」小歸喝完最後一口貢丸湯，付了帳，和阿武走出店面。走上大街，還轉頭看了他那老弟弟和弟媳婦一眼。

弟媳婦的小腹微微隆起，像是已有了身孕，這讓小歸不禁有些開心，他對阿武說：「下次我姪子出世，再找你上來看看。」

阿武哈哈一笑，說：「喂，你現在人脈這麼廣，要不要跟閻羅殿打個招呼，要輪迴殿替你過濾一下，挑個好人當你姪子，免得你除了照顧弟弟，還要照顧姪子！」

「呿！」小歸白了阿武一眼，說：「我可沒這麼大本事，生死輪迴的事連天上神仙都插不上手，輪迴殿那些傢伙已經是整個閻羅殿最乾淨的官了，他們才不買我的帳，而且就算他們買帳，大概也沒膽子這麼做，這可不是小事，陰間再黑，天上不管，但輪迴這種事關乎陽世，如果誰敢亂來，上面會出兵的。」

「幹，你調查得很清楚嘛。」阿武嘿嘿笑地說。

「別一直聊我小弟啊。」小歸說：「下面情形怎樣？你們還頂得住嗎？要不要我疏通一下？」

「免啦。」阿武搖搖手。「現在底下已經不是錢能擺平的問題啦，眞要講錢，會從陽世撈錢的城隍多得是，每年送進閻羅殿的錢不知道有多少，你這老小子雖然從許先生那撈到不少，但頂多讓你自己在底下當大爺，養些小兄弟過過癮，一間城隍府的恩恩怨怨，你扛不起的。」

「這我當然知道，但總有我能幫上忙的地方吧。」小歸不置可否，他這麼說：「我這大爺能當多久也不知道，跟閻羅殿攀關係的人不只我一個，許先生是自願送錢給我，要是哪天他轉性或是過世了，我也沒法再仰賴他。現在其他城隍手下那些牛頭馬面頂多是不刁難我，眞沒錢了，我還是得靠俊毅跟你罩著啊，所以你們一定要挺住，要是俊毅被拔了，你跟我可要慘兮兮了，我們是唇齒相依啊……」小歸終究是資深老鬼，陰間陽世的起起落落他看得多了，可不會被一夕得來的鉅款給沖昏頭。

「不用你說，我自己知道！」阿武嘖嘖地說，這些年來他和其他城隍手下的牛頭馬面結下不少梁子，要是俊毅當眞失勢，那麼他那本人間記錄會被竄改到什麼地步，連他也不敢想像，十八層地獄恐怕可以重複環遊個幾十趟不止。

「不過這幾天恐怕眞的需要你幫忙。」阿武吁了口氣，繼續說：「我可能會在陽世多待幾天，我需要更多擬人針。」

「這不是問題。」小歸點點頭。「要不要我調人上來？我下去喊喊，應該叫得動，陽世許可證也不是問題，嗯……三、五十人應該都沒問題，要更多的話，恐怕得花多一點時間。」

「幹，這倒不用！」阿武連忙搖手。「你當打仗啊？要是動員陰間的鬼上陽世幫忙，其他城隍會說我們搞幫派啊，到時候他們可以名正言順合力拆了我們的城隍府。」

「這倒是……」小歸想了想，從背包裡翻了翻，抓出兩支針筒和一大瓶藥液，遞給阿武。「這你拿去用，針筒上面的刻度一格就是一小時，自己抓時間。」小歸跟著又取出三支較小的針筒，針筒裡頭裝著紅色的藥液，他解釋：「這是擬人針的解藥，是新產品，如果你突然有急事要變回鬼，就打這支。」

「好東西。」阿武接過擬人針的解藥針筒，捏在手上看了看，十分滿意，他又說：「現在俊毅的轄區一共有四個非法鬼門，一定有陽世的活人在俊毅轄區裡搞鬼，我得找出他，這肯定是其他城隍養的『羊』。」

阿武口中的「羊」，指的是和陰差有所勾結、彼此之間利益互送的凡人，這些凡人多半具有靈通之力，他們在陽世作法，替陰差辦事，進而也能獲得陰差給予的好處。

「陽世的法師啊……這我倒沒有什麼門路，我盡量打聽看看。」小歸歪著頭想，跟著說：「我還能幫上什麼忙？」

「恐怕得借用你小歸爺的名聲，幫忙壓制一下那些從鬼門闖進來的傢伙了。」阿武恨恨地說：「我還要再等幾天，等復職之後，才能戴上牛頭面具，搞鬼的那傢伙應該會好好把握這段時間，之前闖進陽世的都是些搞不清狀況的傢伙，我們收到消息，有兩個以上的幫派，這幾天可能會有行動，要是他們受了其他城隍指示，專程上來搞事，一旦成功了，俊毅不但面子掛不住，轄區恐怕會被縮減，其他城隍可以假惺惺地說俊毅人力缺乏，需要其他城隍府協助，他們會踩進來。」

「嗯，這還眞麻煩……」小歸點點頭，一時之間也想不出好方法，他說：「反正我下去一趟，放點風聲，叫大家別走那些非法鬼門，我在底下放話，可不算搞幫派吧。」

「謝啦。」阿武拍了拍小歸的肩。

□

「今天大家身體有沒有不舒服啊？」思文望著小奇等人。

「沒有。」美花這麼答，像是有些奇怪文文姊姊怎麼會這麼問。

「昨天我好睏喔，都沒有上到課。」溫溫舉手回答。

「昨天我有偷尿尿，我不是故意的。」滿福插嘴說。

「你還敢說喔！」小奇瞪了滿福一眼，嚇得滿福不敢再吭聲，雖然思文已經將他的超人毛巾洗得很乾淨了，但一條被尿濕的毛巾洗得再乾淨，一般人也很難再拿來洗臉。

「來來來，不要吵架喔，姊姊送你們小香包。」思文這麼說，她從包包裡取出一大捆香包，足足有十來個。昨晚下班後，她聽從小歸的指示，照著紙條上的地址找到了那間廟，向廟祝討符，廟祝一聽是小歸介紹來的，便大方給了她十幾張護身符和鎮宅符，她將那些護身符做成能夠掛在脖子上的香包，且將鎮宅符分裝進十數個紅包袋。

護身符讓小孩戴著，鎮宅符擺在屋子裡陰暗角落，這樣那些傢伙就進不來了，就算進來，也上不了小孩的身。

思文謹記小歸的叮囑，將那些小香包一一掛在孩子們的脖子上，說：「這是文文姊姊親手做的香包，戴在身上香香的喔。」

「還有，這是小名牌。」思文接著取出四個手工名牌，她心想倘若孩子們回到家，或許過不了幾天，就會把裝有護身符的香包弄丟或是弄壞，因此她另外做了手工名牌，將護身符縫在名牌內部，讓孩子們上課時佩戴，下課時收回，至少能夠讓小孩們在這被開了鬼門的屋子裡平平安安。

「嘩，好香喔。」美花高興地嗅著手上的小香包，再嗅了嗅名牌。「名牌也香香的。」

「你們要好好愛惜小香包和小名牌喔，姊姊做了好久呢。」思文微笑地替溫溫調整名牌夾在衣服上的位置。爲了縫製這些東西，讓她忙了一夜，一直到清晨四點多才上床入睡。

四個小孩似乎已經不太計較昨日捉迷藏所經歷的怪異現象了，他們昨天被那些偷渡野鬼附身許久，之後又長長昏睡了兩、三個小時，直到天色昏暗才一一醒轉，對大衣櫃中昏暗的躲藏記憶早已模糊不清。

思文說他們是瞌睡蟲，躲在衣櫃裡呼嚕大睡，年幼的溫溫和滿福不疑有他，事實上他們那時的確還熟熟睡著，頂多便是被那陣吵鬧騷動給嚇了一大跳罷了，在經過附身和深眠之後，當時那短暫的吵鬧和騷動，在他們小小的腦袋裡，自然也和夢境混合爲一，幾乎沒有奇怪之處了。

小奇倒是仍有滿腹疑問，至少他當時是專注拿著鋁棒準備迎接衣櫃外那莫名的敵人，但思文卻在他醒來之後，安撫說那是作夢呢。他確實睡了很久，作了很多很多的夢，每個夢都又怪又詭異，相較之下，在漆黑的衣櫃裡以爲鬼要開門抓小孩這樣的情境，倒是被其他的夢境給蓋過，而讓他找不到追究的理由。

美花則機伶些，她多少察覺了衣櫃裡的異樣，但她絕口不提，當作沒這件事一樣。

「嗯？」思文瞥見窗外街頭對面站了個男孩，是小歸，小歸身旁還站了個亂髮男人，是阿武。阿武舉起手，朝自己的臉作勢打了一拳，然後輕佻地笑了笑；小歸則是取出手機，朝思文晃了兩下，跟著按了幾個鍵，不一會兒，思文的手機便響了幾聲，思文連忙取出手機，上頭是小歸傳來的簡訊——

現在不打擾妳，但有要事告知，下班後打過來。

思文愣了愣，裝作沒事一般又湊到窗邊，但已不見小歸和阿武。她心中有些不安，勉強擠出笑容，陪著孩子們嬉戲、說英文。時間一點一滴地過去，太陽也漸漸越過整片天空，沒入了另一端的山頭。

□

叮咚——

「一定是我媽！」小奇在小教室裡聽見了門鈴聲，便起身搶著去開門，溫溫、滿福、美花也搶著衝出小教室。他們玩起一種叫作「猜媽媽」的遊戲，看是誰的媽媽最先過來接小孩。

「是我媽媽！」「是我媽啦！」小孩子們笑著衝出客廳，連鞋也沒穿便往前院奔，一打開門，是張大姊和美花的媽媽。

「哈！我贏了，是我媽——」美花尖叫大笑，搶先一把撲上自己的媽媽，拉著她先跨進前院。

「啊……」小奇反應略慢，本來還訝異媽媽怎麼和美花的媽媽同時出現，但見到美花搶先拉著她媽媽進門，想跟著照做也來不及了，只好大聲嚷著：「屁啦，我媽也回來啦，平手、平手！」

「我媽先進來耶！」

「這是我家耶！」

「你家又怎樣？」

張大姊沒理會小奇和美花之間的吵鬧，而是提著大包小包的菜餚進屋，喊著思文：「思文，今天留下來吃飯吧，等等我有事想和妳商量。」

「呃……好，我打給我媽，告訴她我今天在妳家吃飯……」思文這些日子雖然不時在張大姊家一同晚餐，但今晚張大姊帶回的菜餚似乎比平常更豐盛了些，思文見張大姊神情中流露出些許雀躍，這才想起自己已經好久沒見過張大姊這般打從心底透出的笑容。

□

「是這樣的，我和美花的媽媽想出外散散心。」張大姊脫去洗碗用的手套，甩了甩水滴，掛在流理台旁的掛勾上，向一旁幫忙擦拭碗盤的思文招了招手，帶她來到了後院。

「呃，這樣……很好啊。」思文喝著冰涼的茶飲，跟在張大姊身後，說：「有時候是該多出去走走，這樣會比較開心，人也會比較健康。」

原來昨天上午，美花的媽媽和張大姊閒聊幾句，聊到出國散心轉換心情，這一聊就聊出了點興趣，兩人相約晚餐，聊聊異國風光和美食，聊聊金髮碧眼男人，更是躍躍欲試。打鐵趁熱，她們一致同意現在的時機最好，畢竟有個貼心負責的思文可作保母，思文忙不過來，還有思文的老媽和伯母可以託付。

「是啊！」美花的媽媽不知道什麼時候也跟入了後院，一同答腔，她說：「我們大概會去兩個禮拜吧。所以啊，我和張大姊想問問思文妳……願不願意在這兩個禮拜裡，幫我們照顧小奇和美花呢？」

「這……」思文有些傻眼，她問：「妳們不帶小奇和美花一起去嗎？」

「帶著那兩個啊，我們也甭玩了。」美花媽媽笑著說：「一路上聽他們吵架就煩死了。」

「我們想要抱著二十歲女孩的心情出國，帶著兩個搗蛋鬼，心情上始終都是老媽子啊。」張大姊也這麼說。

「這倒也是……」思文點點頭，明白張大姊和美花媽媽的心情，知道她們獨力扶養孩子的辛勞和苦悶，她也贊成張大姊出外透透氣，便說：「我回家和我媽商量看看，這兩個禮拜小奇和美花睡我家裡也行，我媽媽也可以幫忙照顧……」

「妳直接住這也行啊，妳家和我家，走路也不用兩分鐘。」張大姊笑著說：「當然，我跟美花媽媽都會算妳加班費的，這兩個禮拜的伙食費跟零用錢，也會另外算給妳。」

「沒關係啦……張大姊妳一直很照顧我。」思文聽張大姊講出的那個數字，不免呆了呆，這兩週的加班費，可逼近她半個月薪水了。

「別這麼說，該給的我們一定會給。」張大姊笑著說：「現在或許是我們青春的尾巴了，不抓一下，以後恐怕沒機會啦。」

「嗯，應該沒問題……」思文說不上樂不樂意，她家就在兩條街外，這額外多出來的兩週全天照料雖然辛苦了些，但以一份工作而言，她可以像家人一樣陪伴小奇和美花，穿著居家衣服，帶著他們看電視、說故事，偶爾勸勸架，這可又比一般職場加班輕鬆太多。

照理說她沒什麼拒絕的理由，只是當下的時機令思文感到不安，但是她仍然無法拒絕張大姊和美花媽媽的請求，她從來也不是一個善於拒絕人的女孩。

思文。

「怎麼這麼晚……」阿武扠著手，倚著一家咖啡廳外牆邊，看著朝他和小歸走來的思文。

「……」思文後退兩步，緊緊握了握口袋裡的護身香包。

「哦！」小歸眼睛亮了亮，朝思文的口袋多望了兩眼，點頭稱讚：「有照我的話做喔，老秋仔的符不錯，氣很飽，隔這麼遠都感覺得到。」小歸邊說，邊對阿武說：「如果我們身上沒有擬人針的效力，現在應該就會想閃人了。」

「對不起……」思文遠遠對著阿武和小歸說：「今天小孩的媽媽邀我吃晚飯，所以我吃完晚飯，才和你們聯絡……」

「啊，不用怕我們啦，妳現在身上帶著符，我們還比較怕妳咧，來，進去裡面說。」阿武見思文唯唯諾諾的樣子，有些不耐，向她指了指一旁的咖啡店，跟著自顧自地推門進去。

思文有些遲疑，但見小歸也進了那咖啡廳，便也跟了上去。

這位在小巷子裡的咖啡廳人不多，老闆爲了撐住這家店，晚上八點過後，也供應酒精飲品，拉攏一些酒客上座。此時那老闆正和幾個熟客天南地北地閒聊，一名服務生上來招呼阿武等人點餐，阿武點了杯啤酒，小歸則點了香橙茶，他見思文默默不作聲，便說：「姊姊妳別客氣啊，妳喝什麼我請。」

「幹，老灰仔裝少年，叫人家姊姊，你當人家爺爺還差不多。」阿武在一旁呵呵笑著。

「我沒長大過，怎麼知道當爺爺是什麼滋味，我只會當小弟弟，不會當大人。」小歸這麼替自己辯駁。

跟著，思文在小歸和阿武的催促之下，也隨意點了杯檸檬汁，她等那服務生走後，怯怯地問著他倆。「你們想跟我講什麼？還有……你們不是鬼嗎？爲什麼可以在白天出現？你們……你們現在其實也不太像鬼……」

「這……解釋起來很複雜，但說穿了也沒什麼，現在陰間科技很發達，很多道具、藥水可以用，讓鬼在陽世看起來和活人差不多，很容易的。」小歸搖搖手，說：「妳有照我的話做了嗎？妳把鎮宅符放在該放的地方了？」

「嗯……我把護身符放進香包裡讓孩子帶在身上，鎮宅符我也擺進家裡一些陰暗處了。」思文點點頭答，又問：「所以……以後就沒事了嗎？」

「還早咧。」阿武吁了口氣。「昨天小歸沒跟妳講妳家發生了什麼事嗎？」

「呃……那不是我家……我在那邊當保母帶小孩，那是我帶的其中一個孩子的家。」思文這麼說，跟著望了望小歸，繼續說：「小歸……他昨天和我說，那間房子……被開了鬼門？所以會……不平靜？」

「差不多是這樣。」阿武點點頭。「要解決這件事，就要把鬼門關起來，妳聽好，有人在那間屋子作法，妳知道嗎？」

「作法？」思文呆了呆，搖搖頭。「我沒有聽張大姊說過有人在她家作法，她父母以前都不信這個的。」

「嗯……」阿武說：「這種法當然是仇家幹的，妳那張大姊有沒有仇家？」

「仇家……」思文想了想，一時也想不出，她說：「我不曉得，她之前和她先生離婚，離得不是很愉快，我不曉得這算不算……」

「大概算吧。」阿武便向思文打探起張大姊前夫的消息，但思文和小奇他爸爸可不熟，只見過幾次面而已，也無法提供多少有用的情報。

「對了，妳沒有告訴別人鬼門開的事吧。」阿武隨口問。

「沒有……」思文回答：「我……我也不知道該向誰說……雖說那是張大姊的家，

但我也不知道要怎麼開口，她雖然裝作沒事，但我知道她心情一直很糟，我不想讓她更煩。」

「這樣也好，要是妳那張大姊自己去找些來路不明的算命仙來攪局，也只是幫我們找麻煩而已。」阿武點點頭，說：「總之啊，這件事交給我們處理就好了，妳就當什麼都不知道。」

「那……大概需要多久，才能夠……讓張大姊家完全沒事呢？」思文這麼問。

「要搞定是不難啦……找個有本事的法師把鬼門關上就收工啦，但那只是治標，如果之後那個施法的傢伙再去搞鬼，同樣的情形還會發生。」阿武大口喝著啤酒，眉頭皺了皺，隨口罵著：「幹，當鬼喝啤酒，感覺就是和活人喝啤酒不一樣，少了一個味。」

小歸補充說：「姊姊妳不用太擔心啦，只要妳平常多留意一下周遭有沒有奇怪的人，或者打聽一下妳那雇主的交友狀況，如果有消息，就用手機和我們聯絡，傳簡訊也行。」

「我知道了……啊！不過……張大姊剛剛才決定要和朋友出國玩兩個禮拜……這兩天就要出發……」思文的神情有些無奈，她大略解釋了自己接下來兩週所面臨到困境——在一間被開了鬼門的房子裡，照顧小奇和美花兩個禮拜。

「所以，這幾天那間屋子算妳作主囉？」阿武這麼問。

「作主……」思文搖搖頭。「我只是保母，負責帶小孩而已。」

「啊……都一樣啦。」阿武將手上的啤酒一飲而盡，他彈了彈手指，正想再叫一杯啤酒，但他的手機響起，他接聽電話，是芯愛打來的。

「曉武哥你在忙嗎？」

「衝啥？」

「第五扇鬼門打開了，我和保弟去拉了封鎖線，但沒用，好多偷渡鬼根本不理封鎖線，我們守在那，他們就找其他的鬼門。而且那些偷渡鬼只要闖進鬼門，就能到陽世，但我們陰差卻不能走非法管道，一定要從正式通道進出，所以就算遠遠看到那些偷渡鬼往鬼門飛，也來不及阻止……你得快點找到那個到處開門的法師，不然我們快頂不住了。」芯愛氣憤地說。「要是找到了，你能不能像揍宋達那樣揍那法師一頓？」

「幹，妳想害我再被停職喔，我現在還沒復職啦！」阿武向芯愛問了第五處鬼門的位置，便焦躁地掛了電話，急忙拉著小歸離開。「走啦，又有新的門開了，他媽的，想玩死老子就對了。」

小歸也有些訝異，他替大夥結了帳，安撫思文說：「姊姊妳別擔心，有事就聯絡我們。」

「幹，你一直叫人家姊姊，那喊我一聲哥哥行吧，走啦！」阿武氣呼呼地罵。

「我沒要你喊我『歸爺』就不錯了，還哥哥咧！」小歸回嘴。

「喊你歸爺？喊你龜頭還差不多啦！」

思文默默望著阿武和小歸一面鬥嘴一面走遠，她長長吁了口氣，才轉身往自家方向走去。

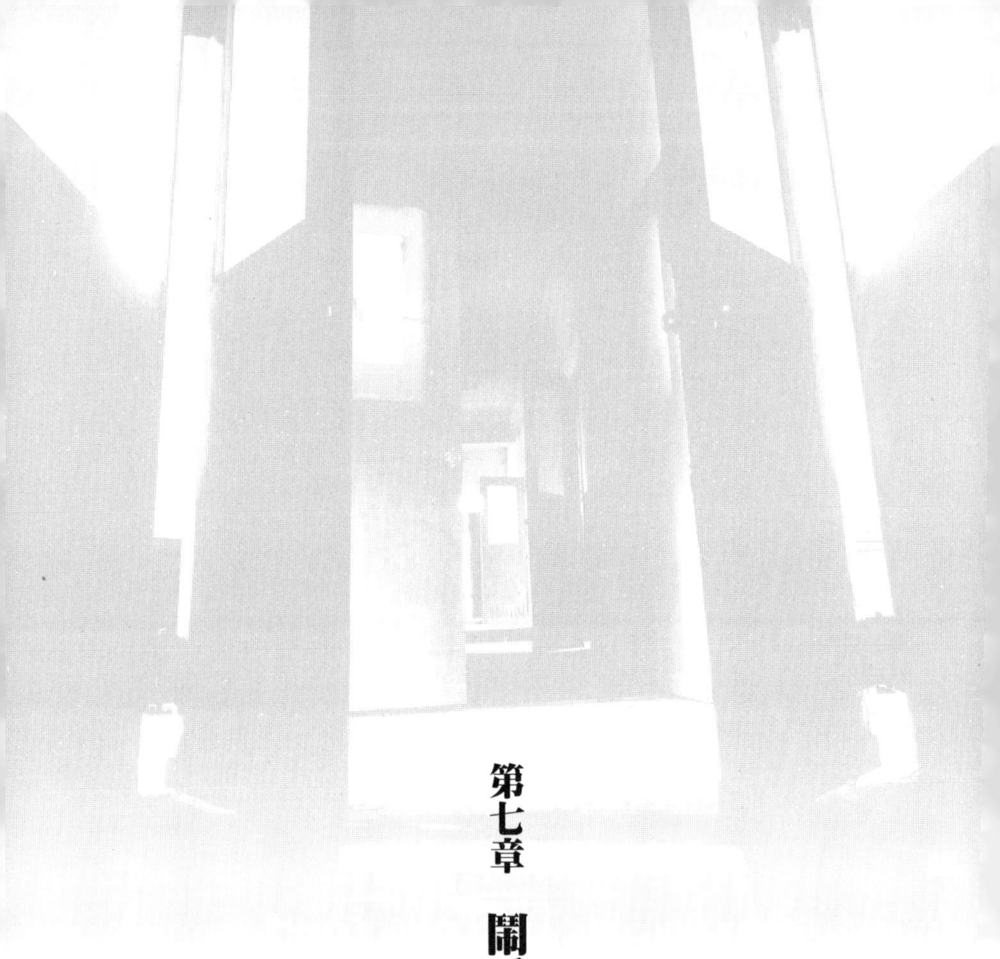

第七章　鬧房

「恨……我恨……」

透過那條四公分寬的門縫，可以見到裡頭那臉色蒼白的年輕男人脖子上的血痕猶自淌著鮮血，抓在手中的菜刀鋒刃上缺了幾角，屋子的水泥牆和木門上，都留有菜刀亂砍的痕跡。

整間屋子裡瀰漫著濃重的瓦斯味。半個小時前，消防隊員才破門而入，用最快的速度打開所有窗戶透風，但消防隊員怎樣也攻不進年輕男人的臥房，臥房門後擋著抵住牆壁的書桌和書櫃，玻璃窗外還裝設了鐵窗，鐵窗內側堆滿了各種雜物，房間裡有兩瓶瓦斯，一瓶已經放光，另一瓶瓦斯的開關被那年輕男人按著。年輕男人二十出頭，另一隻手上拿著菜刀，他趁父母外出購物時，不知怎地將家裡的家具砸毀，將牆壁砍得亂七八糟，將兩個妹妹嚇得魂飛魄散躲在房裡打電話向父母求救，最後他扛著瓦斯桶退守自己的臥房——毫無徵兆、毫無預警，在他發作之前，他是大家心目中的好青年、好哥哥、好孩子。

「阿中啊！你要鬧到什麼時候，你快放下刀給我滾出來！你媽要被你嚇死啦——」中年男人氣急敗壞地朝著那間臥室吼著，他立刻被一個消防隊員拉到了一旁安撫著說：

「先生，別這樣，別激怒你兒子……讓我們來想辦法……」

另一旁，一個哭腫雙眼的中年婦人，六神無主地正和兩個女兒抱頭哭泣。她不時朝著房門喊：「你到底是誰啊，你爲什麼這樣害我們家，我求求你放了我兒子……我保證請法師超渡你……」

「超渡個屁！妳眞信這個……」中年男人氣呼呼地還想要罵什麼。他是個嚴格的父親，急忙返家後，見到自己一向規矩的兒子突然像個神經病似地把家裡搞成這樣，可氣炸了，連連吼著兩個女兒叫她們把哥哥的女朋友找來，他認爲一定是那個家世匹配不上自家的女孩把兒子帶壞了。

但年輕男人的媽媽可不這麼想，她見到兒子的臉色怪異、眼神飄忽，口裡還喃喃唸著她從來沒聽兒子說過的故事，可嚇得六神無主，哭泣地到處向友人求援。透過層層關係，找來兩個半吊子通靈人，其中一個一進門就瞪開銅鈴眼、跳起降神舞，也不管房間還瀰漫著濃厚的瓦斯味，就拿出香燭企圖點燃，被嚴格的爸爸和消防隊員聯手扔出房外；另一個通靈人見道友被扔出屋外，便打消焚香的念頭，乖乖地盤據在客廳角落，嘟嘟囔囔自顧自地發功。

「我恨——我恨——我恨——」年輕人噫呀叫著，還不停拿刀劈砍牆壁，講著七零八落的故事，似乎是一個被友人背叛、含恨而亡的故事。「我好恨吶——」

「你是在恨啥小啦——」

一聲暴吼，嚇得那年輕人扔下了手上的刀。他左顧右盼，見到那個讓他塞滿了雜物的鐵窗處，透進一個亂髮男子——張曉武。

「呀！是張大哥啊……」年輕男人一下子換了副表情，後退兩步，退到了牆邊，朝阿武笑了笑。

「你笑啥小？你在這裡衝啥小？」阿武和小歸趕來了這第五處鬼門，遠遠便看見了堵在巷子口的消防車和SNG採訪車，早已感到不妙，一進來，看見這野鬼附身在年輕人身上作祟，見房內這陣仗，一股火氣登時衝上心頭。他捏了捏拳頭，怒瞪著年輕人說：「我數三下，你再不出來，我……」

「歹勢啦！」年輕人還不等阿武想好「不出來的話他就要怎樣」，便趕緊後退兩步，背貼著牆突然抖了抖，雙眼翻白，暈了過去。

「幹！」阿武見到那年輕人突然暈厥，知道是附在他身體裡的野鬼穿牆逃了，氣得飛身追去，也竄出了臥房牆壁。

臥房外頭的消防隊員聽見了房裡年輕人的自言自語，又透過門縫見他恍神暈倒，立刻準備破門。

另一頭，阿武竄過了三面牆，緊緊追著眼前的禿頭野鬼。那傢伙個頭矮小，比現下發育良好的小學生還矮些，而且還是個禿子，不過動作倒是敏捷快速，東鑽西竄、忽上忽下，一會兒竄進四樓，一會兒飛入五樓。阿武沒戴牛頭面具，身手甚至不如那矮小禿子，被他耍弄得團團轉，衝出牆壁來到中庭後，竟追丟了那矮禿子。

「媽的……」阿武一串髒話正要出口，突然後腦受到重擊，轟隆給打下了地，他還沒反應過來，後背又是一記轟擊，原來是那矮小禿子自他身後偷襲。

「哦！風聲果然是眞的，張曉武沒戴面具誰都打不過。」那矮小禿子咧開嘴巴笑，嘴裡的牙只有個位數，且全是烏漆抹黑的爛牙。

「幹……你……我揍死你！」阿武憤怒掙扎，反手一拳打上矮小禿子的腿，但那傢伙一副不痛不癢的模樣，嘿嘿笑著，還捏起拳頭，狠狠敲了阿武後腦好幾下，得意地說：「眞爽！這次讓我賺到囉！嘿嘿……能逮住你這小子，我……啊呀！」

那矮小禿子突然尖叫一聲，身子彈開，摔倒在地，抽搐亂抖。他頭昏眼花地胡亂掙扎，想看清楚四周，只見到阿武身旁站了個小鬼，那小鬼揹著背包，一手還拿著個東西，他揉揉眼睛，看得清楚了，那小鬼拿著的是支電擊棒，是小歸。

「幹……」阿武氣呼呼地跳起，左顧右盼，一見到那矮小禿子，便衝上去打。矮小禿子被小歸的電擊棒電了一下，還渾身發軟，被阿武騎上來一陣亂拳毆打，毫無還手之力，給打得抱頭跪地，呻吟求饒。

「……」阿武喘著氣，氣呼呼地補上兩腳，跟著從腰際取出一副赤紅色的骷髏手銬，就要替那矮小禿子上銬。

「等等！」小歸喊住了阿武，示意他停下動作，接著從自己背包裡翻了翻，翻出一副一模一樣的骷髏手銬，拋給阿武，說：「別用你自己的，用這個。」

「謝啦！」阿武接過小歸拋來的骷髏手銬，將那矮小禿子的雙手反銬在背後。他的陰差身分被暫時停職，照規矩，停職期間他可不能隨意使用陰差配備。

阿武銬上了那矮小禿子，還惱火地喘著大氣，他看看左右天際，沒有其他野鬼的蹤影。他提起那傢伙，還向小歸討了電擊棒，在那矮小禿子面前晃了晃，按了幾下開關，讓電光閃爍，藉以威嚇，他氣憤地說：「你剛剛很屌嘛，很面熟啊你，我是不是逮過你？啊？」

「歹……歹勢啦……」矮小禿子性子油滑，知道情勢對自己不妙，剛剛那囂張嘴臉便消失無蹤，此時一邊愁眉苦臉地喊疼，一邊說：「張大哥……誤會啦……」

「幹，你打我是誤會喔？」阿武恨恨地罵，提著他，飛回了剛剛那年輕人的家。

此時，年輕人家裡一片混亂，消防隊員已經砸破了門，進入臥房，推開了那抵著牆壁和門的櫃子，這才將暈死了的年輕人抬出房間，放上擔架，替他那淌血的脖子和手臂緊急處理。

另一邊，那始終窩在角落的通靈人此時正比劃起劍指，四處遊走，尋遍每個房間，對著空氣說話，最後他繞回正廳，神情肅穆地向年輕人的媽媽交代各項瑣事，要她連辦七七四十九天的法事，方能化解這怨靈仇恨。

年輕人的爸爸雖然對這通靈人的話滿腹狐疑和不屑，但這攸關兒子性命和家庭安寧，此時只能咬著牙默默聽著，頂多在聽見通靈人告知了四十九天法事那打了七折的總金額時翻了翻白眼，然後強忍下憋在肚子裡的怒火，低聲喚來女兒埋怨著兒子的女友。

本來那被扔出了屋的前一個通靈人，則還在中庭繞來繞去，一見年輕人被抬了出來，立刻上前施術，還拉著年輕人的媽講起自己剛剛如何如何地在外護法，擊退了六十幾隻惡鬼，且還和另一個通靈人比起價錢，聲稱法事不必四十九天那麼久，只需三十天即功德圓滿。

阿武提著那矮小禿子，在那年輕人的家繞了一圈，找到了鬼門位置，是那年輕人家中一處儲物間，他恨恨地瞪著那矮禿子，問：「你叫啥名字？」

「我……我叫無毛……」矮小禿子像是有些不好意思地笑了笑。

「幹……」阿武嫌惡地看了無毛的禿頭，又看了看他嘻嘻笑的嘴巴，罵：「無毛又無牙，幹你個無毛，你從鬼門上來，竟然還不跑遠點，把這裡搞成這樣，你是拿了人家的錢，專門上來鬧事的對吧。誰要你這麼做的？」

「張大哥……沒有啦……」無毛搖搖頭，笑著說：「我……我是無聊才玩玩的啦……」

「無聊？」阿武吸了口氣，舉起那電擊棒朝無毛腰際電了一下，電得那無毛尖叫一聲，雙膝一軟，撲倒在地，連連求饒。

「眞……眞的啦……張大哥，是我不好啦，我……我……啊呀！」無毛喊到一半，又讓阿武電了一下，痛得眼淚鼻涕直流，他抖了抖身子，想要自地板穿地逃跑，卻被眼明手快的小歸一把抓住腳踝，又給提了上來。

小歸是數十年老鬼，道行可是無毛的數倍，他提著無毛，不耐地說：「你這傢伙，不要浪費大家時間，我告訴你，你以爲背後有人罩著是吧。你知道我是誰嗎？你知道我背後也有人罩嗎？我就算在陽世宰掉幾隻鬼，也沒有人會追究的。」小歸這麼說，跟著也從背包取出了一支電擊棒，就抵在無毛的左眼皮上。

「等我一下啦！」阿武這麼喊，也將電擊棒伸出，抵在無毛的右眼皮上，說：「兩邊一起來，熟得透一點啦。」

「呀，不要啊！我說、我說！」無毛哀求喊著：「是鐵牛啦！是鐵牛哥的人叫我這麼做的啦。」

「鐵牛哥？誰是鐵牛哥？」小歸呆了呆。

「幹，那鐵牛是竇老仙的手下，果然是那老不死，媽的！」阿武哼了哼，插嘴說：「他是宋達的人，我就知道是宋達那王八蛋在搞鬼！」

竇老仙是個陰間資深老鬼，和幾個城隍關係都不錯，有不少野鬼手下，算是陰間有點來頭的地頭蛇，這幾年俊毅和其他城隍交惡，竇老仙便也識時務者爲俊傑，站在多數城隍那邊，不時和俊毅作對。

「竇老仙的地盤不在俊毅轄區，我們拿他沒辦法。」阿武恨恨地說，他在地盤好幾次逮過竇老仙的人，但那都是竇老仙嘍囉底下的嘍囉，連竇老仙身邊的得力助手都沾不上邊，更別提竇老仙本人了。

「鐵牛要你這樣作怪？他白痴嗎？他不會叫你滾遠一點作怪啊？直接在鬼門鬧事，不是明著讓牛頭馬面抓嗎？」阿武這麼問。

「這……」無毛說：「我也不知道吶，是鐵牛的人叫我上來之後，哪也別去，就鬧這間房子的……」

「爲啥？」阿武追問：「他跟這家人有仇？還是宋達要你們這麼做的？這次的事是不是宋達在背後搞鬼？」

「宋……宋大哥？這我就不知道了，張大哥啊，整個陰間都知道其他城隍聯手對付俊毅城隍，但究竟輪到哪個城隍出手誰也不曉得啊，小弟我只是個小角色，就算是鐵牛哥要我辦事，也不是親自出面，而是派出他小老弟的小老弟跟我接頭的……」無毛這麼說。

「……」阿武默然半晌，知道無毛說的不無道理，不論是自己，還是俊毅，在陰間可結了不少怨，主使者是不是宋達也無關緊要。阿武這麼想了想，突然又惱怒起來，他揪著無毛的領子問：「你別以爲騙得了我，你一定還有事沒告訴我，你偷襲我的時候，不是說過『讓你賺到』嗎？你賺了什麼，賺到老子啦？有人要你弄陷阱搞我就對了？」

阿武這麼說時，突然有些警覺，倘若這是陷阱，那麼小歸和自己或許會身陷危機。

小歸也想到了這一點，他伸手自背包裡取出一枚閃光手榴彈，抓在手上，以備不時之需。

「不……不是啦……」無毛連連搖頭，他說：「鐵牛哥是有說過你現在還在停職期間，而且沒戴牛頭面具時連一般鬼也打不過。在陰間有幾個老大懸賞你已經很久了，這事你也聽說過吧，鐵牛也只是其中之一而已啊……坦白說，眞要搞陷阱，也不是不行……只是那時候和我一起上來的那些傢伙沒種就是了，所以……所以剛剛偷襲張大哥你的時候……才那麼得意，我……我以爲我得手了，誰知道……」

「誰知道還有個小歸爺在後頭等著你。」小歸哼了哼，接著問：「你說了半天，還是沒有回答爲什麼鐵牛要你鬧這間房子，他的目的是什麼？」

「這……這我眞的不知道，我只是拿錢辦事而已……」無毛這麼說：「鐵牛的人吩咐我能嚇多少人就嚇多少人，最好嚇得這些人全滾出這棟樓房，只要別眞的搞出人命就好了。」

「滾出這棟樓房？」阿武愣了愣，這裡是棟七層樓高的舊式電梯華廈，整棟樓接近三十戶人家。「他要你嚇跑整棟樓的人？」

「是啊……」無毛點點頭。

「……」小歸歪著頭想了想，說：「阿武，你記不記得我們今天看過的幾個鬼門？」

「記得啊，怎麼了？」阿武問。

「有兩間屋子已經沒住人了，牆壁上都貼著房屋出售的看板。另外一間房子，我們去的時候，也看到搬家公司上上下下的對吧。」小歸這麼說。

「對啊，怎樣？」阿武不解地問：「你是說鐵牛要把那些屋子的主人嚇到搬家？然後呢？那能幹嘛？」

「能幹的事可多囉。」小歸嘿嘿一笑，說：「我知道很多種人鬼合作撈好處的方法，其中一招就是搞房地產，鬼負責鬧房子，鬧到屋主低價求售，人再趁機購買，買下之後，再用市價賣出，賺中間的價差。自然，陽世的人賺了錢，也得回饋點好處給陰間的夥伴……嗯，應該說，這種把戲我以前也玩過，只是和我合作的那傢伙本錢不夠厚，炒房眼光也差，所以根本沒賺到什麼。那時我候無權無勢，也不敢玩太大，有次還差點被俊毅逮到，以後我就再也不敢這麼玩了。」

「……」阿武愣了愣，說：「所以……你是說到處開鬼門的王八蛋，是炒地皮的？」

「很有可能。」小歸點點頭。

「這不對啊。」阿武有些疑惑。「要是搞得太大，甚至搞出人命，這房子到手之後，也賣不去吧。」

「不。」小歸露出一種「你懂個屁」的笑容，哼哼地說：「沒有賣不出去的房子，只有不滿意的價錢，用這種方式賺錢的傢伙，哪管房子名聲好壞吶，鬧得越凶，他砍價砍越大，如果他第一時間用市價六成買下房子，開個七成價，也有人搶著買，等於現賺一筆。如果地段好，只要別鬧出人命，不被登記成凶宅，擺個兩、三年再裝潢一下，誰記得那裡發生過什麼事啊，就算市價八、九成賣都大賺，怎麼都不虧啊！」

「看不出來你這老小子也懂點房地產。」阿武摸摸鼻子，小歸的見識確實高他一截。

「等你死久點，什麼都知道啦。」小歸攤攤手，繼續說：「所以我們只要等看看誰會來買房子，說不定就能找到那開鬼門的傢伙了。」

「等買主？那要等好久吧。」阿武這麼問。

「不……」小歸說：「如果用這種方式搞到屋主想賣房，一定會打鐵趁熱，否則時間一久，屋主可能又不賣了，或者讓別的買家捷足先登也說不定。所以這兩天一定會有消息，尤其今天事情鬧那麼大，還上了新聞，房價一定跌，搞鬼那傢伙一定第一時間就會找上門，我們守在這裡，很有可能就會碰到那傢伙。」

「好主意。」阿武指了指躺在地上、茫然無神的無毛，說：「那這傢伙怎麼辦？放他走，他可能會通風報信，壞了我們的計畫。」

「不不不！」無毛聽阿武這麼說，立刻連連搖頭。「我不說，我什麼都不說，我會躲得遠遠的，再也不見鐵牛哥的人。」

「幹，你照照鏡子看看你的衰樣，換作你是我，你會相信一個長這德行的人嗎！」阿武想起無毛襲擊自己時的那副得意樣，不禁又火了起來，伸手在他那光禿的頭頂重重拍了幾下，跟著一把提起他，說：「先關個幾天，免得壞事。」

阿武說完，指了指上方，提起無毛，向上飛升，穿過了數層樓，來到了頂樓空中。他左右看了看，挑了一旁老公寓上頭那座大水塔，他提著無毛穿進了大水塔，在小歸拿著電擊棒護衛之下，他先鬆開無毛的骷髏手銬，接著將手銬穿過水塔裡的鐵梯，再重新銬上無毛雙手，這陰間手銬能銬著陽世物體，等於將無毛給鎖在了水塔裡，哪裡也去不了。

「啊……張大哥，你想玩死我啊……」無毛驚慌地求饒。

「你怕個屁，關你幾天而已，這兩天有了進展，我就放你，別打什麼歪主意，你在這裡也給我乖乖地想想，看有什麼有用的情報沒告訴我的，明天我來看你，能講出幾個有用的東西讓我滿意，說不定就放你了，你好自爲之吧。」阿武這麼說完，也不再理會無毛的求饒，穿出了水塔。

「所以現在，我們能做的只剩下等了。」阿武伸了個懶腰，在空中飄了半晌，找了個較高的樓房圍牆蹲著。

「放心，不會太久。」小歸跟在後頭，悠哉望著頭頂的月亮。

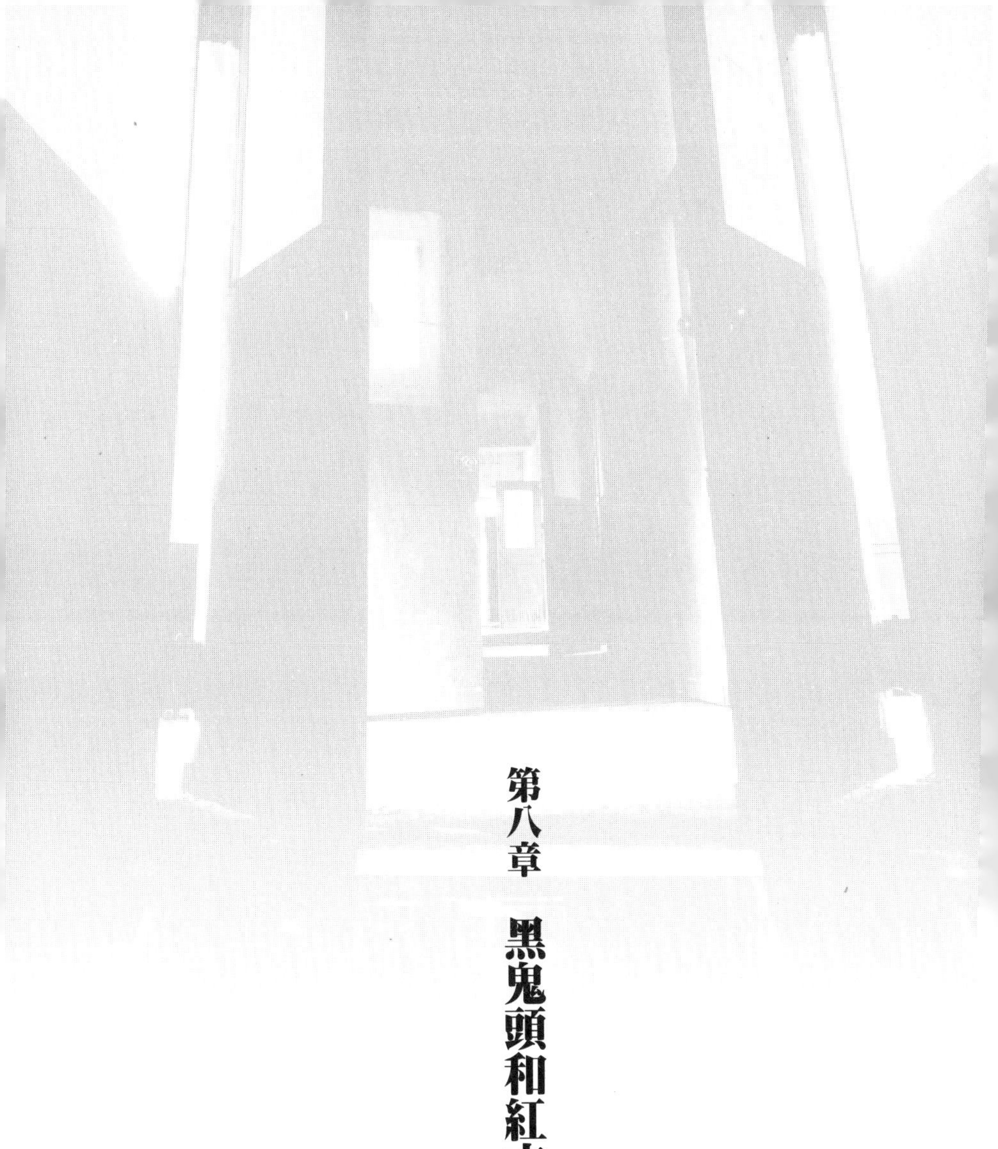

第八章　黑鬼頭和紅方塊

「李太太，我不騙妳，這位費先生開的價錢，已經是最棒的價錢啦……」

何麗華拿著一本記事本，柔聲對昨晚那困守臥房的菜刀年輕人的母親這麼說。筆記本上有六個姓名，六個價位，其中一位先生姓費，接在這名字之後的價錢，足足比其他五個名字都高出個百來萬。

年輕人的母親皺著眉頭，凝視著那張開價單，說：「怎麼這樣……這個王先生跟李小姐，之前開的都不是這個價錢，怎麼一下子……」

「李太太啊……昨天妳家兒子的事鬧得太凶啦，上新聞了，費先生剛好在國外，還沒回來，所以還不知道這件事，而且他也不怎麼信這些，我想他不會太在意……」何麗華苦笑著搖搖頭。「妳也知道，現在一堆投資客對這種事敏感得很，有這機會，還不抓著砍價，扒你們的皮啊。」

「醫生說……我兒子是壓力太大，才突然失控，我家才沒什麼髒東西……」年輕人的母親抿著下唇說道。

他們一家從半年前開始看新屋，準備換房，現在新屋已然買下，正裝潢好準備搬遷，然而舊屋也不急售，三個月前她找上了何麗華仲介售屋，接連幾個客戶開出的價錢都打動不了他們，那頑固老爸甚至聲稱這屋子再提高兩成價錢也賣得出去，碰不到識貨人，那攏著閒置也無所謂，還將當中那個費先生開出的價錢大大奚落了一番。

誰知道昨晚就發生了那件事，大兒子不知道爲什麼突然發瘋，鬧了大半夜，連SNG車都來了。

一想至此，李太太不禁有些後悔昨晚她六神無主之下找來兩個通靈人幫忙，雖然也不知道是不是眞的有效，但左鄰右舍已經流傳起李太太家好像不太乾淨的傳聞了，投資客的鼻子比獵狗還靈，只一天，那個原本開最高價的王先生，立刻把價錢打了六折。

「李太太啊，別說我沒提醒妳，這種事一上電視，就翻不了身啦，我還收到消息，說有三個靈異節目已經在接洽昨天妳請來的那兩位法師，要請他們上電視高談闊論妳家的案例啊！妳想想，讓他們這樣一搞，全世界都知道你們家鬧鬼啦，這已經不是承不承認的問題了，能脫手的話，還是盡早脫手吧。」何麗華這麼說。

「……」李太太嘆了口氣，左思右想，說：「我還是作不了主，我先生那脾氣妳也知道，我晚上再和他談談吧……妳這價錢能不能讓我抄下來？」

「當然、當然……」何麗華微微笑著，將筆記本上的開價單整齊撕下，交給李太太，又和她噓寒問暖了一番，表示對她兒子的遭遇感到遺憾，跟著便與李太太道別。

□

「嗯。」阿武和小歸互望一眼，跟在何麗華身後穿出房門。

此時的阿武，身穿一件長風衣，頭戴紳士帽，胸前口袋還插著一副銀邊太陽眼鏡；小歸則是戴了頂大草帽，披著紅斗篷，胸前口袋同樣也有一副紅色粗框太陽眼鏡。

這些可都是高級遮陽防曬配備，一般遊魂野鬼是買不起的，即便當初阿武還不是陰差身分，替俊毅在陽世辦事時，也僅是使用城隍府發配的紙傘遮陽，不論是遮陽效果還是視覺設計甚或價位，可都遠比不上兩人此時身上的配備，這是昨夜小歸臨時通知底下友人送上的，還順便補充了更多防身武器，裝在兩人的背包裡。

何麗華站在電梯前，突然壓低了聲音，細細地說：「二位大哥，不說話跟在我背後幹嘛？」

「！」阿武猛然一驚，和小歸互看一眼，可不知如何反應。原來阿武和小歸在李太太家附近守株待兔了一天，好不容易等到房仲何麗華上門，他們本來遠遠觀望，但漸漸發覺何麗華身上雖有符法香燭的味兒，卻沒有通靈法師那種敏銳度，加上兩人這一身遮陽配備，不僅能夠遮防日光，且還能阻隔陰氣外放，便大膽地靠近何麗華，卻沒想到還是讓她感應到了。

「你們聽好，今晚繼續搞，連搞三天，我就不信李先生硬得下去。」何麗華的聲音壓得極低，嘴角浮現一絲笑意。

電梯門打開，她進了電梯。

阿武和小歸不由得有些驚喜，原來何麗華將他倆當成是無毛那一路的搞鬼遊魂，他們連忙跟上，見何麗華瞥了他們兩眼，像是有些不解他們爲何還跟著自己，小歸便趕緊說：「今晚會有更多朋友來幫忙……您還有何吩咐？」

「哦？」何麗華頓了頓，像是在思索著什麼，她低聲說：「還有其他房子，不過……嗯，你們還有人手？」

「有，多得是。」阿武接話。「上頭要我們聽您指揮，有什麼需要便直接吩咐，行事方便。」他不確定這何麗華究竟和誰接洽，便說得模稜兩可。

「現在天還沒黑，你們不怕日光？」何麗華這麼問。

「我們穿著特別的衣服，能防日光。」小歸說。

「有這種事？」何麗華有些不敢置信，她出了電梯，走出這棟老式華廈，此時雖已近黃昏，但天上無雲，陽光仍斜斜照著整條巷道。但她見阿武和小歸站在大樓門內，取出太陽眼鏡戴上，便老神在在地穿門而出，踩著風跟上她，便也不得不信了。

「原來下面現在這麼先進……」何麗華站在路口，像是想要攔車，又像是在考慮著什麼，她說：「剛剛你們兩個說，宋爺派你們兩個讓我指揮？我有什麼吩咐都照辦？」

阿武和小歸互望一眼，心中震驚，就不知道何麗華口中的宋爺，是否便是阿武的仇家宋達。

「是啊。」小歸點頭應答，補充：「不過……當然是以不違反大哥的利益為前提，其餘就當作是大哥回饋妳辛勞。當然……可不能鬧出人命，事情搞太大，底下也是嫌麻煩。」

「當然、當然……」何麗華有些受寵若驚，堆起滿臉微笑。她招了輛計程車，跟著上車，上車之前，對兩人使了個「跟上來」的眼色。

二十分鐘後，車子在一處寧靜巷弄外停下。

阿武和小歸默默跟在後頭，他們認得這巷弄，他們不久前才來過——小奇的家。

「這間屋子比剛剛那裡更好，地段好、風水好，還是透天的，只要搞一家人就好。」何麗華這麼說，她領著阿武和小歸遠遠地望著張大姊的透天厝。「我前幾天已經在這開了門，不曉得這兩天變得怎樣。」

「這邊啊……」阿武接話。「這邊底下查得嚴，有些進來了又給趕回去。」

「我收到的消息卻是這屋子已經兩天進不去了，你們的人說屋裡有符法。」何麗華道。

「可能吧。」阿武和小歸互看一眼，知道是小歸吩咐思文向廟公討來的鎮宅符所產生的效用。

「我們去看看是怎麼回事。」何麗華這麼說，大步上前來到了透天厝外，按了門鈴。

兩分鐘後，思文前來開門。

「請問妳是……」思文望著何麗華，她看不見未施打擬人針的阿武和小歸。

「我是房仲何小姐，請問張小姐在嗎？」何麗華從肩包中，取出一張名片，遞給思文。

「喔，張大姊她出國了，現在大概剛上飛機吧……」思文望著何麗華遞來的名片答道。

「哦，原來是這樣，難怪我打她的手機打不通。」何麗華點點頭，又說：「我和她說好會再來看看房子，嗯……主要是想看看家裡防水的問題。」

「嗯，可是……」思文呆了呆。「現在就看嗎？」

「對、對、對！」何麗華連連點頭，說：「張小姐開出的價錢，費先生覺得可以考慮，但是費先生想知道老房子有沒有漏水狀況，他要我先來拍幾張樓頂或是浴廁管線的照片，他會另外和張小姐約時間來看房子，應該會約在下雨天。」

「哦……這樣啊……」思文不懂房地產的事，她確實曾聽張大姊提及這段時日有不少房仲找上門，但都讓她一一拒絕，儘管如此，張大姊也半開玩笑地聲稱倘若有人接受她開的天價，那她倒是願意考慮。這天價，可比市價高出整整一倍，正常而言，是不可能有人接受的。

「嗯，不方便嗎？」何麗華咦了一聲，問：「是房子……有問題嗎？」

「不……不……」思文有些不知所措，雖說以她的立場，自然不能讓陌生人任意進出張大姊的家，但倘若張大姊眞有意願賺這天價，那她更不能壞了事，眼前的何麗華不過就是個中年婦人，且穿著正式的房仲制服，進來看看屋子和管線也不爲過，她便點點頭。「請進……」

何麗華微微笑著，踏進這透天厝院子，還反手向阿武和小歸招了招，要他們趕緊跟上。

「院子相當寬闊呢。」何麗華走向房子正門，同時打量著院子四周，阿武和小歸跟在背後，盯著何麗華的一舉一動，只見她東瞧瞧、西看看，彷彿自己就是買主，像是十分滿意這透天厝裡外景致。

何麗華進了正廳，笑吟吟地和小奇等幾個孩子問好，摸摸他們的頭，讚美幾句乖巧可愛便往廚房走去。她試了試廚房的水龍頭，有模有樣地揭開流理台櫥櫃，查看裡頭的水路管線，跟著她指了指廁所，說：「我看看廁所，妳忙妳的不要緊。」

「喔……好……」思文點點頭，若說放任何麗華一人在張大姊家中亂晃，似乎不妥，但緊隨著她，又好像有些不太禮貌，她不知接下來該如何應對，只好隨口問：「何小姐，我泡杯茶或咖啡給妳好嗎？」

「哦，好啊，咖啡好了。」何麗華這麼說，跟著轉身走向廁所，她才關上廁所門，便見到阿武和小歸穿門進來，不禁皺了皺眉，低聲說：「我要上個廁所，你們出去。」

「喔。」阿武和小歸出了門外，退得很遠，來到了廚房邊，望著泡著咖啡的思文。

阿武湊近小歸耳朵說了幾句，小歸點點頭，取出手機，快速打著簡訊，然後傳出。

思文嗯了一聲，從褲袋取出手機查看，不禁有些驚愕，簡訊寫著——

這女人有問題，妳讓她一個人看房子，不用跟著她，我和阿武會幫妳盯著她，妳現在看不見我們，別緊張，也別多問。小歸

思文左顧右盼了好一會兒，聽見廁所傳出沖水聲，便趕緊繼續在咖啡中摻入糖和奶精，端出廚房，擺在餐桌上，向何麗華說：「何小姐，這是咖啡，我還得照顧孩子，妳隨便看吧。」

「多謝妳啦。」何麗華喜上眉梢，連連道謝，走向餐桌，端起咖啡，打量起整間客廳。

「文文姊姊……」溜溜怯怯地問著走進小教室的思文。

「溜溜別怕喔。」思文上前抱起溜溜，輕拍她的背。「那是張阿姨的客人，是房屋仲介，來看房子的。」

「看房子？」小奇啊了一聲，氣沖沖地站起，一副想出去打人的模樣。「我媽媽說房子不賣，誰來看房子啊，趕她出去！」

「等等……小奇！」思文趕緊攔下小奇，安撫著說：「那位阿姨和你媽媽有講好了，只是來看看房子水管而已……」

「不賣還給她看水管，呿！」小奇朝著門外探頭探腦，直嚷著會不會是來偷東西的。

溫溫的神情倒是有些哀傷，她摟著思文的脖子，抽噎地說：「文文姊姊，我爸爸媽媽是不是不要我了……」

「當然不是啊……」思文將溫溫放下，望著溫溫說：「溫溫的爸爸媽媽有事情要到別的地方……很快就會回來啦……溫溫這兩天在這邊跟大家玩，文文姊姊照顧妳、陪妳睡覺、說故事給妳聽，妳不喜歡文文姊姊和妳玩嗎？」

「喜歡……」溫溫紅著眼睛點點頭，但仍然說：「他們眞的會回來嗎？」

「會啦、會啦……」思文苦笑地捏了捏溫溫的鼻子，原來溫溫的爸爸媽媽一聽張大姊和美花媽媽用這方法出國度假，便也有樣學樣，今天一早一同帶著溫溫上門，說也想來個二度蜜月，當然不會像張大姊和美花媽媽那樣一玩便是兩週，只是個短短的三天兩夜而已。

至於滿福，今兒個也要和大家擠一晚了，滿福他媽見大家都有自個兒的樂子，便也不落人後，貼了點加菜金，要思文順便也照顧滿福一晚，讓她可以找幾個牌搭子好好殺上一整夜。

滿福倒是一點也不介意和大家玩在一塊兒，小奇家比他家大得多，可以躺著滾來滾去，文文姊姊比他媽媽溫柔許多，不會因爲他不小心尿尿了就凶巴巴地罵他，他問：「文文姊姊，我可以每天都住這裡嗎？這邊比我家舒服。」

思文苦笑地說：「這……你要問你媽媽喔，還要問小奇，這裡是小奇家耶。」

「小奇，我可以每天都睡這裡嗎？」滿福問。

「你不要偷尿尿就可以。」小奇隨口回答，他雖然脾氣頑劣，但畢竟房子太大，媽媽要上班，倘若沒有了思文和其他小孩陪伴，他可無聊透頂了。「但也不可能每天讓你睡啊，我媽出差回來，你們就要回家了。」

「你媽媽才不是出差啦，她是出國，是去旅行的！」美花咯咯地笑。

「屁啦，我媽是去外國出差，不是去玩的。」小奇憤怒地反駁，張大姊知道這兒子脾氣古怪，要是自己出遊不帶他去，肯定要發飆，便編了出差的事作藉口。但美花倒是一點也不介意，反倒叫媽媽帶點紀念品和外國娃娃回來，也因爲這樣，美花的媽媽忘了統一說詞，答應美花會帶很多好玩的禮物回來。

「妳不要亂講好不好。」小奇瞪著眼睛教訓起美花。「我媽很認眞工作的。」

「哈哈，你被騙啦，你上當啦，你媽媽是出國旅行，她知道你愛生氣，所以騙你她出差。」美花大笑。「因爲我媽媽也是出國旅行，我媽媽是和你媽媽一起去玩的啊，她還說要帶好多禮物回來給我，哈哈！」

「哼……」小奇咬牙切齒，一時之間不知道要作何反應，他氣沖沖地要撥打電話，向媽媽興師問罪，但張大姊此時人已在飛機上，電話自然也撥不通。

思文好聲好氣地安撫小奇，心中嘆氣，光是小奇和美花就讓她頭疼了，再加上溫溫和滿福，更加上什麼鬼門開、陰差鬼使、群魔亂舞，這兩週她眞不曉得要怎麼熬過去。

□

「嗯？」何麗華來到二樓，左右看了看，她對小歸說：「你幫我把風，有人來就叫我。」

「是。」小歸點點頭，靜靜站在二樓樓梯口。

阿武則是跟著何麗華進了張大姊的房間，只見何麗華在房裡喃喃自語，掐著手指，半瞇著眼，鼻孔一張一闔，像是在聞什麼氣味似地。她來到了衣櫃前，輕輕拉開衣櫃門，探頭進去，東聞西嗅。

「請問，您在找什麼？需不需要我幫忙？」阿武這麼問，同時，他那插在風衣口袋的手，悄悄開啓了手機錄音功能。

「我在找有沒有符咒法器之類的東西，有可能是張小姐請別的法師來看過房子，擺了些鎮宅符咒，你幫我找出來。」何麗華這麼說。

她東翻西找，揭開好幾只抽屜，好不容易才在衣櫃那吊掛芳香劑的小布包裡，翻出一只小紅包，那是思文前陣子放入的鎮宅符。何麗華立時將那鎮宅符收入自己的提包中，還從提包裡取出另一個摺成方塊狀的黑色符籙放入芳香劑中，再掛回原位。

阿武不禁暗暗心驚，他知道那符籙有招鬼的作用，不僅能招來陰間孤魂，也能招來陽世惡鬼，他盤算著該說些什麼套話，才不會露出破綻。「如果您要鬧這房子，吩咐一聲便是。」

「房子主人不在家，我現在不打算鬧房子，等主人回來再說。」何麗華這麼說。

「但是，妳把這招聚野鬼的符咒擺在鬼門上，不怕各處孤魂野鬼全跑來這兒，我們上頭可不希望鬧出人命。」阿武回想著昨晚無毛的說詞，知道陽世法師和陰間惡鬼合作斂財，爲的是撈錢求好處，要是搞得過火，也難以收拾。

「你說什麼？」何麗華回頭瞥了阿武一眼。「是宋爺吩咐的，這些符我能直接起壇操作，不會失控。」

「哦，我是鐵牛哥的人……」阿武試探地問：「請問宋爺是哪位啊，我聽鐵牛哥命令的，不過鐵牛哥也是聽人辦事就是了……」

「你別多問，那是你頭頭的頭頭……」何麗華不屑地瞪了阿武一眼。「我還以爲你是宋爺的人，原來只是個嘍囉啊……怪不得這麼聽話，你只要聽我吩咐辦事就行了，我叫你做什麼你就做什麼，知道嗎？」

「是……」阿武點點頭，他認定了何麗華口中的宋爺就是宋達，他暗暗錄著音，就想要弄到直接證據，反咬宋達一口，以報宋達害他停職之仇。但他左思右想，也想不出什麼好套話，他本來就不擅長計算謀略，更加上對當前情勢也是一知半解，他不敢肯定這何麗華究竟是直接聽命於宋達，抑或是聽命於鐵牛。

倘若是前者，那麼阿武若能掌握直接證據，就能證實宋達在陽世「養羊」牟利，可以打中宋達致命要害，甚至直取宋達背後的城隍頭上那頂烏紗帽了。但倘若是後者，宋達和鐵牛平行聯繫，鐵牛再透過一層層關係交代各嘍囉行事，那麼即便是東窗事發，鐵牛或是宋達仍然可以切割得一乾二淨，頂多交出幾個人頭頂罪，更別提宋達上頭的城隍和鐵牛背後的竇老仙了。

「好了，這間房間應該沒有符了。」何麗華走出張大姊的房間，又進了小奇房間，巡了半晌出來，皺著眉頭仰望樓梯上的三樓、四樓和五樓，她低聲自語：「這樣下去不是辦法，這房子裡有不少鎮宅符咒，術力很重，有問題……」

阿武和小歸互視一眼，知道小歸叫思文前去討符的那廟公有點本事，這十幾張鎮宅符被思文放在整棟透天厝各個隱密處，何麗華要將所有鎮宅符找出來，恐怕不容易。

但何麗華不再翻找房間，而是一路走上五樓，那兒有一間被布置成佛堂的房間，神桌上還擺著張大姊父母的牌位。

「佛像沒開光，擺著好看而已。」何麗華不屑地瞅著供桌上那漂亮塑像冷笑，她從提包中取出皮夾，又從皮夾中取出一張較爲大張的四方黃紙。

她將黃紙攤開，是一幅怪異圖畫，中央畫著一個墨黑鬼頭，鬼頭外有個褐紅色的四角方塊，是以硃砂混血畫上去的，在四角方塊四周則寫滿了咒語，內容像是一些號令。

阿武遠遠看了，便已大感訝異，他取出手機，緩緩靠近，想要拍下那張黃紙，他知道那東西是什麼，那是城隍令。、城隍府裡有專門的文書官，負責畫這城隍令，城隍令有不同號令，開通臨時鬼門便是其中一種，其他還有驅鬼、聚鬼、請神等數十項號令。

然而城隍令可不是說發便發，尤其要用在陽世，更要經過閻羅殿審核點頭，這也是爲什麼直到現在，俊毅也無法發出城隍令來關閉這些陽世鬼門，因爲他的請求始終被閻羅殿裡那些看他不順眼的傢伙們壓著不審。

阿武又上前兩步，伸長了脖子，探頭望去，猛然一愣，他見到那城隍令上的印鑑署名——

司徒史。

司徒史是一個被拔除了烏紗帽，正在地獄受苦刑的貪污惡城隍。在數年前，阿武只是個剛死去不久的小遊魂時，遭到司徒史聯手陽世法師、黑道慘烈迫害，他在當時還是馬面的俊毅協助之下，勇闖關帝廟，在帝君面前申冤，終於替自己平反了冤屈，且將司徒史打入了十八層地獄，而後，俊毅升上城隍，阿武也當了牛頭。

如今司徒史的城隍印鑑卻出現在這張城隍令上，可讓阿武詫異不已，但他隨即明白，以陰間黑暗的程度，司徒史被免職，一些城隍印什麼的隨身用品、配備流入黑市，也不算稀奇。

阿武總算明白，這次那些對俊毅不滿的勢力肆無忌憚地在陽世亂開鬼門生事，原來是搞到了司徒史的城隍印，他們用司徒史的城隍印玩借刀殺人的遊戲，即便玩出火，也不會燒到自己身上。這些蓋上司徒史大名的城隍令，就算造成不良的後果，閻羅殿眞要追究，大概也會全推到司徒史頭上，讓他能者多勞、多擔待些了。

自然，正受著苦刑的司徒史，不是不能替自己喊冤，但他需要很多很多的錢和良好的人際關係，這兩樣東西，以前他都有；現在，他沒有。

「……」阿武偷偷將手機鏡頭露出口袋，拍著何麗華的動作，只見她動作熟練拈起三支香點燃，快速在那城隍令上比劃下咒，口中唸唸有詞。跟著，她捏著線香，以亮紅的香頭，在那城隍令上的「敕令」兩個字上，燒刺出三個小洞，只見城隍令上的符印圖畫猛地一閃，室內瞬間一亮，跟著旋即暗下。

何麗華動作未歇，她快速將猶自發亮的城隍令摺回原本的方塊狀，將之埋入香爐的香灰當中，最後，她微微笑著，捏起線香，向佛像拜了幾拜，將線香插上香爐，下樓。

「謝謝妳啦，這房子很棒，眞的。」何麗華向思文連連道謝，還握著她的手輕輕地拍，像是姊姊疼妹妹一般。「我想費先生一定會很滿意的，這個價錢絕不冤枉。」

「啊……那很好啊。」思文有些受寵若驚，她送何麗華出了門，心中還覺得奇怪，爲什麼小歸和阿武會盯上這麼親善的阿姨，她正想取出手機看看小歸是否傳給她新的訊息，便見到小歸倚著客廳正門，望著自己。

「咦……你！」思文差點尖叫出聲。

「噓。」小歸對著思文比了個「小聲」的手勢，他說：「姊姊，別怕，我讓妳看見我，但是妳可以當作看不見我，免得嚇著孩子們了。」

「好……」思文點點頭，按著胸口壓壓驚，她走回客廳，壓低聲音問：「曉武大哥呢？」

「他跟那女人走了，我找藉口留下來，那女人在這裡下了新的咒，很麻煩、很棘手，我正在想辦法……」小歸攤攤手，原來阿武隨著何麗華下樓時，突然拿出手機，假裝接收簡訊，再將簡訊拿給小歸看，說是鐵牛哥突然有事吩咐，那簡訊卻是他打的字，上頭寫著——

臭婆娘下了新的咒語，那是城隍令，我看不懂是什麼令，不知道有什麼作用，我把影片傳給你，你想辦法向俊毅打聽，看如何化解，我繼續跟在臭婆娘身邊，她說要回家向「宋爺」報告，我去找證據，這裡交給你了。

既然阿武說是鐵牛吩咐，何麗華也無從查證，她與陰間聯繫的儀式一貫是先淨身、再上香，祝禱好一會兒才能聯絡上陰間人士，可不像阿武和小歸拿支手機就能打通陰陽兩界了。

便這麼著，小歸留在透天厝，向思文大略說明了經過，跟著急急忙忙地上樓，從衣櫃中翻出了那只招鬼符，將之撕了個粉碎。接著他開啓了阿武傳來的那段施術影片，見著了城隍令是藏在香爐裡，他便試著想要挖出城隍令，但手一觸及香爐的爐灰，便燙得他哇哇大叫，城隍令當然不是一般野鬼碰得了的，小歸只好撥打電話，試圖打進陰間，但俊毅的電話始終無人接聽，他只好打給芯愛。

「啊？是小歸啊，怎樣，俊毅他在忙哩，他被請去閻羅殿開會了，聽說好幾個城隍要在會議上圍剿他，我們都很擔心他吶……」芯愛這麼說。

「妳聽好，我傳一段影片給妳，阿武說那是城隍令，但是看不懂是什麼號令，妳找人看看，有消息立刻通知我。」小歸這麼說，接著匆匆掛上了電話。

「文文姊姊！滿福又尿尿了啦──」美花高聲大笑，將思文從紊亂的思緒裡拉回到現實。

思文趕緊抱起褲襠兀自滴著尿的滿福往廁所跑，背後是小奇氣急敗壞的怒罵聲。

思文將滿福放上馬桶，嘆著氣說：「為什麼要尿尿了都不到廁所呢？」

滿福抿著嘴，委屈地說：「我……我忘記嚕……」

「唉……」思文望著滿福，捏了捏他的鼻子，再摸摸他的頭，說：「等等你要和小奇道歉喔，你在他家尿尿好多次喔……」

「嗯……」滿福垂下頭。

「以後想尿尿，記得要到廁所。」思文叮囑著，幫滿福清洗著褲子。

「我……我不是故意的……」滿福終於哭了。

「好……別哭了，來幫姊姊裝水，姊姊要拖地喔，地上都是滿福的尿尿……」思文苦笑著，她看著廁所的透氣窗，天色漸漸黑了。

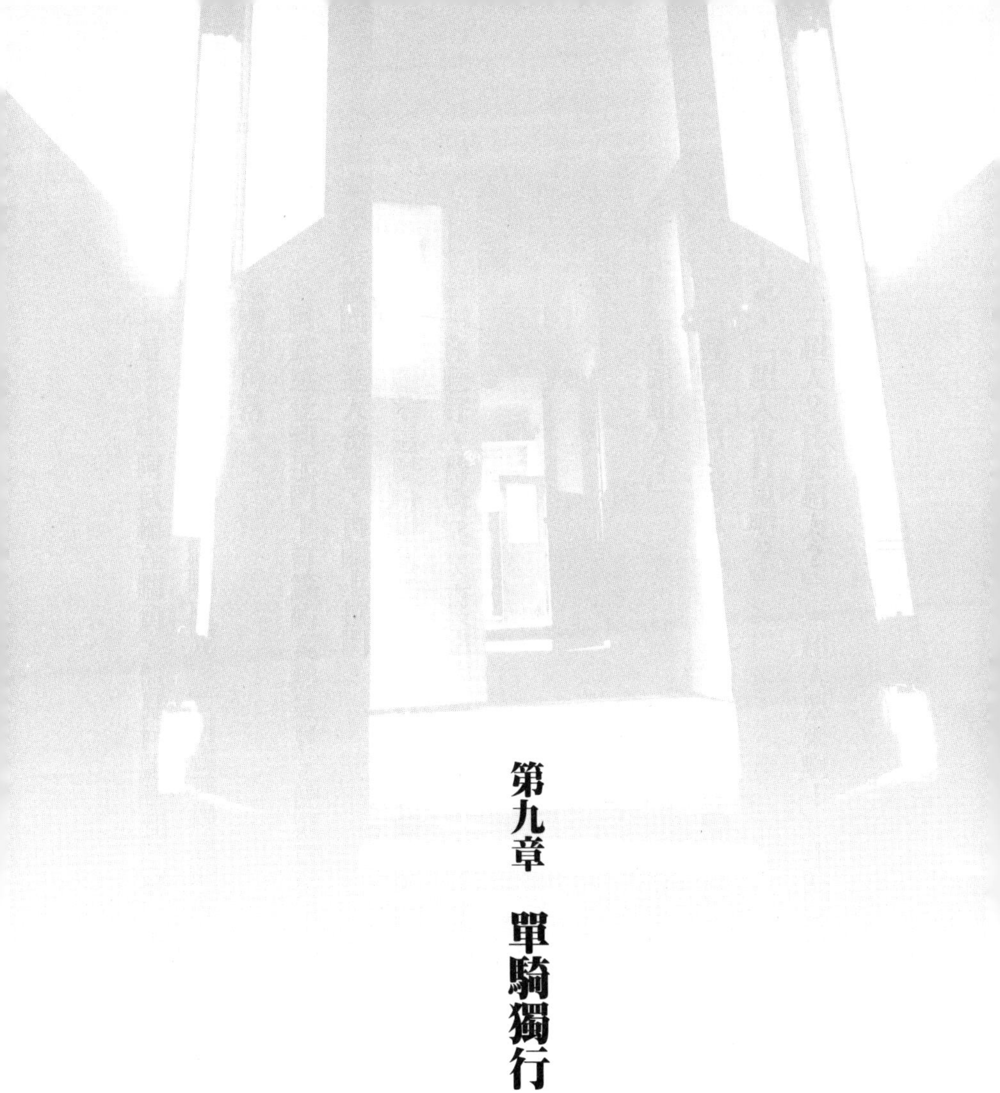

第九章　單騎獨行

何麗華的家，是一棟位於極高價地段別墅社區裡的三層豪華別墅，比起張大姊家那數十年的老透天，這間別墅不論地價還是屋況等級，可要高級上太多。這個社區的住戶大都是政商名流，阿武默默跟在何麗華身後，打量著眼前這棟豪華別墅和附近的同級建築，知道儘管一位優秀的房仲收入必然豐厚，但也絕住不起如此奢華的超高級社區，可想而知，何麗華利用陰陽兩界攜手的炒房模式，獲利確實相當可觀。

一路上何麗華一語不發，甚至有些緊張，她不停地左顧右盼，似乎忌諱著什麼，還要阿武別跟得太緊。

「我不應該讓你跟來的，這地方不是你能來的，這邊住的都是有錢人，有錢人大都認識些高人大師，他們家裡供奉著神靈，甚至養小鬼，我很低調的，不想被人發現我也玩這個。」何麗華在關上大門之後，才鬆了一口氣，緊張地望著阿武。「以後我用別的方式和你聯絡，真可惜人間沒你們那種好用的手機，能直接打電話給鬼。」

「是啊……」阿武隨意附和，心想陰間前兩年就已經推出可以接聽陽世撥號的手機，但何麗華的陰間資訊顯然不夠先進。

何麗華帶著阿武經過華美的正廳，走上二樓，進入一間書房。書房中擺著一些房地產相關書籍，也有各種文件資料，何麗華從一只文件夾中取出幾份資料，攤在桌上對阿武說：「你看看這幾間房子，這就是你之後要幹的事，老實說啊，之前你們鬧房子的技巧都有待加強，應該這麼說，針對不同的屋主有不同的鬧法，要鬧到恰到好處，才能把買價和賣價拉到最大，這些細節，我這段時間都好好想過了，之後會慢慢教你，我們得更系統化、組織化才行……啊呀！也不知道宋爺派你來陽世跟我多久，如果只跟我一小段時間，那麼教你也沒用……待會我自己向宋爺問問，我需要一批固定的長期助手，這對大家都有好處。」

阿武來到桌前，望著那幾份房產資料，那些房子雖然屋況不良，但地段絕佳，是那種即便有人在屋裡被砍得支離破碎散落各地，變成了超級凶宅，都能在五年、八年之後衝回高價的超級地段。

何麗華任由阿武翻看那些地產資料，她拿出手機，打著電話，語氣一下子溫柔許多。「哈尼，是我呀，怎麼樣，今天有沒有想我呀……」

阿武背過身去，悄悄取出自己的手機，對這些房產資料拍下照片，雖然他還不知道這幾張照片有何作用，但既然是來這裡尋找證據，那麼總不能空手而回。他正猶豫不知該不該錄下何麗華的說話聲音，電話那端顯然是她的愛人，錄下這樣的對話似乎沒有什麼意義，但他還是按下了錄音鍵，反正他的手機也是小歸送的，功能和小歸的手機一樣強大，有超大的記憶空間，不用白不用。

「有呀，我今天去李太太那邊啦，她還在考慮呢，不過你放心，我會說服她的，對啊，眞的很巧，老師說她們家這兩天會出事，就眞的出事啦……我跟你說，你別降價喔，這價錢很漂亮，他們一定會接受的，那棟還有幾戶，應該也有意願，我之後會一間間替你問問，到時候被收購，肯定能賺五成以上……人家都是爲了你才這麼努力囉……」何麗華一邊說，一邊咯咯地嬌笑。

阿武起初聽不明白，但漸漸地也能大略知道，電話那端是何麗華的情人，也是和她合作投資房產的金主，何麗華負責提供一些「好房子」的資訊，男人便出價購買，再轉手賣出，賺取價差，何麗華便也能分一杯羹。而那些「好房子」，自然都是何麗華與陰間野鬼合作，鬧得屋主不得不賣的好房子，賣相本便極佳，即使在鬧房的過程中傳出些風聲耳語，那也無傷大雅，反正何麗華只要盡量壓低買價，讓男人以低於市價的價格出售，更好脫手。

而昨晚被無毛大鬧的那間老式華廈，早被建商看中，希望連同周邊公寓一同收購，改建成更新的大樓，何麗華以房仲的身分，早一步獲得這樣的資訊，自然不會放過這大好機會，便施法開鬼門、引鬼作亂，想要捷足先登，狠削一筆。

何麗華這通電話足足講了半小時，就在阿武的耐性瀕臨崩潰之際，何麗華終於掛上了電話，她露出幸福洋溢的表情，伸了個懶腰，向阿武招了招手，領著他出房，來到一扇門前，她說：「你在這裡等我，我先淨身，然後起壇拜見宋爺。」

「是……」阿武點點頭，見何麗華走向臥房，跟著聽見水聲。

他望著眼前那扇小門，看這格局，門後應當是儲藏室，通靈人將儲藏室或閣樓當成施術修法的密室並不稀奇。他身子向前一探，便穿門而入，裡頭漆黑一片，鬼在黑暗中仍能視物，阿武見到四周堆放著凌亂雜物，他呆了呆，這密室可和他想像中不大一樣，他以爲會有些神壇之類的布置。

阿武在密室摸索一番，來到對門那牆邊，只覺得那牆透著一股熱氣，他湊近查看，發覺那熱氣炙烈逼人，他連忙退開，知道這牆上帶了些擋鬼阻煞之類的咒術。他盯著那散發熱氣的牆，仔細看了看四周，見牆下地板似乎設有溝槽，想來那牆應該是拉門之類的裝置，後頭必定是何麗華平時施法招鬼的密室。

飼鬼招魂的法壇，和一般居家神壇供桌必然有些不同，爲了避免嚇著來訪的親朋好友，在儲藏室深處隔出一間密室以掩人耳目，似乎也不無道理。

阿武大約估算了自己站的位置和那牆面的距離，接著縱身一蹦，蹦上了三樓一間客房中，跟著他向前飄移了三公尺遠，站定身子。

「呼……」阿武蹲下，吁了口氣，將右手緩緩探入地板。

「嘿。」阿武只覺得右手雖感應到些許暖氣，但並沒有炙熱的火燒感，不禁有些開心，他接著閉氣一沉，便落入了那密室中。

這是間大約三坪大的密室，室內光線昏暗，在靠牆的某處小壇上，微微亮著兩盞小小燭燈，房中有一張褐紅色的大木桌，和幾只古舊木櫃子及一些雜物箱。

阿武四顧觀望，只見其中一面牆上果然設有一道拉門，門上還有門把，那拉門拉開，外頭便是先前的儲藏室了。

阿武見那拉門上貼著一張符，不禁覺得好笑，知道這何麗華果然是個半吊子的通靈人，她或許是因爲心虛，懷疑這社區那些有錢人說不定也供著小鬼，小鬼來去自如，也許會知道她的祕密，於是在修法密室門上貼了靈符，卻忘了鬼能穿牆，來去自如。

阿武既然找到了密室，便再無顧忌。他取出手機，開始錄影，一面四處摸索翻找，翻開櫃子上的抽屜，當中有各式各樣的符籙，有些似乎是新寫的，有些則明顯有點年代了；櫃子裡頭還有許多家傳譜集。阿武心想何麗華大概是師承家中長輩，將所學的通靈法術拿來幹這些見不得光的勾當，讓自己事業蒸蒸日上。

阿武翻找半天，發現一座褐色櫃子上，有個抽屜上著鎖頭，他緩緩將手探入抽屜，緊張地伸出手指，東點點、西點點，就怕裡頭藏有符術陷阱。他點了半天，沒碰到會讓他疼痛的東西，便大起膽子，在抽屜中摸索起來。他摸到了一只布包，不禁心頭一震，那布包裡有個硬東西，形狀四四方方的還帶著根柄。他記得這形狀，這便是城隍印。

阿武抓著城隍印就想往外抽，但是他的手能穿牆入櫃，可這以陰間黑桃木刻製成的城隍印卻無法穿櫃，城隍印流落到了陽世，便和陽世實物一樣，無法任意穿透其他東西。阿武暗暗罵了句髒話，頓了頓，他仔細看了看，這抽屜上的簡陋小鎖，似乎和整個櫃子格格不入，顯然是額外安裝上去的；接著阿武見到這上鎖抽屜上層還有一只抽屜，且沒有鎖頭，他放開城隍印，將手抽回，轉而拉開上層抽屜。

「幹！哈哈！」阿武有些驚喜，他將上層抽屜整個抽出，櫃子上便多了個空洞，他從空洞伸入手，便摸著了下層抽屜裡頭的城隍印。

「蠢婆娘！」阿武嘻嘻笑著，揭開布包看了看，果然是司徒史的城隍印，他將背包褪下，想將城隍印藏入背包，但隨即想想不對，既然城隍印無法穿牆，拉門上還貼著符，這密室四周無窗，那麼他便無法將城隍印帶出，他還是得讓何麗華先開門，才能取走這城隍印。而且他還得找著何麗華與陰間人士勾結的證據，否則別人也可以說是他拿著這城隍印胡亂開門。

他暗暗罵了幾句，只好重新揹上背包，將城隍印放在另一只靠近拉門矮櫃上的抽屜裡，又將那抽空了的抽屜塞回原位，便一縱身躍上三樓。他本來想直接落下，但有些擔心何麗華倘若早一步洗完澡出來沒見到他，或是正好見到他自空落下，也許會起疑，他便取出手機，穿牆來到戶外，再從大門穿入，假裝自己因爲手機收訊不良而找地方講話。

阿武便這麼自言自語地回到了那儲藏室前，仍聽著臥房水聲不止，且還有電視聲，原來何麗華浴室裡還裝有液晶電視能讓她一邊泡澡，一邊欣賞連續劇。阿武耐著性子繼續等，足足又等了三十分鐘，這才等到何麗華步出臥房。

只見何麗華穿著浴衣，頭上還裹著毛巾，哼著小調，悠哉地走來。「不好意思啊，讓你等這麼久。」

「不會……」阿武搖搖頭。

□

「小歸，查出來啦，曉武哥拍下來的影片裡的那道城隍令是『禁神令』，禁神令的作用是讓四周的符咒、神像、法器暫時失效或減消效力，通常是用在陰間陽世裡的重大慶典，讓符咒、神靈和鬼魂們能和平同處。例如每年一度鬼門開時，出入通道不夠用，有時得借用陽世廟宇，城隍便會發下禁神令，開通神廟大門，讓鬼魂順利進出。偶爾也能夠用來反制一些心懷不軌的凡人術士以符法迫害無辜鬼靈，或是用來庇護一些需要幫助的遊魂野鬼，讓他們暫時住在廟裡等等……」芯愛的聲音好似連珠砲，透過手機傳入小歸的耳朵裡。

「什麼！那這間房子裡的鎮宅符和護身符，豈不是都沒用了？」小歸訝然，他問：「這東西該怎麼撤？我搞不定這東西啊，你們還派人守著這鬼門嗎？俊毅呢？他能不能解除這城隍令啊？」

「我們在各處鬼門都拉了封鎖線，但防不了那些偷渡鬼亂闖，現在你那邊有偷渡鬼上去嗎？」芯愛問。

「沒有……」小歸答：「如果是一般的偷渡鬼那還好，他們多半會給我面子，但如果是惡意上來搗蛋鬧事……可能就得硬碰硬了……」

「我打過電話去閻羅殿和俊毅聯絡，想把曉武哥拍到的這段影片傳給他，讓閻王們知道現在陽世有人拿城隍印私製城隍令，但閻羅殿的人硬要我等他開完會，我都說了我有重要的消息和證據要提供給俊毅，那些傢伙還不理我，我火大了，我打算直接去找俊毅，我要在閻王面前公布證據！」芯愛憤然地說。

「什麼……」小歸呆了呆。「妳把影片的內容和閻羅殿的人講了嗎？」

「對啊！」芯愛答：「就是這樣才可惡，他們分明刁難我！」

「何止刁難！」小歸說：「妳別去，他們一定會派人在路上堵妳。」

「啥？」芯愛回答：「可是我已經出發啦，我偷騎曉武哥的車，嘻嘻！」

「什麼？」小歸大驚。「妳現在到哪啦？」

「我？我剛騎上公路。」芯愛這麼回答，此時的她可威風了，一手握著龍頭把手，一手拿著手機和小歸通話，連通話耳機都懶得裝。「在陰間騎摩托車好過癮喔，不怕摔，哈！」

「妳一個人嗎？保弟、大強他們呢？叫他們陪妳去啊！」小歸喊著。

「他們忙得咧！」芯愛哼哼地說：「有幾批來路不明的傢伙全聚到我們的地盤，聲勢不小，也不知道是來幹嘛的，保弟和大強得穩著地盤，免得鬧事，我猜他們一定是故意趁俊毅上閻羅殿報告時來鬧的，要給俊毅難看……喔！竟然讓你猜中了，我先忙，等會打給你。」

芯愛不等小歸追問，便掛上電話，將手機收回口袋，她從後視鏡裡見到身後有批重機隊伍，轟隆隆地朝她逼來。

那批重機顯然性能極佳，速度飛快，一下子便竄到芯愛的後方。帶頭的幾個野鬼，個個面目不善，他們高聲狂笑，大喊著：「馬面妹妹，停下來說說話好嗎？我們需要幫助——」

「沒空！」芯愛回頭答。「去找其他陰差。」

「啊，怎麼這樣啦——」其中一個女飆車鬼，自那男騎士後座站了起來，尖聲喊著：「我需要女陰差幫忙啊，陰間到處都是男陰差，好難見到女陰差啊，陰差妹妹，幫幫姊姊嘛——」

「沒空啦——」芯愛自後照鏡見到那批重機隊伍，足足有十幾輛車、數十個野鬼，他們身上大都帶著棍棒器械，顯然別有目的。芯愛轉動把手，深催油門，逐漸加速，阿武這重機也是輛好車，性能還在身後那批隊伍的車子之上，骷髏警燈閃爍著青光，排氣管炸耀出青藍色焰火，引擎聲如同凶獸尖嘯，轟隆隆地飛速向前。

後。

「哇——好快！」飆車鬼們見芯愛一加速便疾駛而去，也紛紛加速追趕，緊追在後。

「衝啊——」芯愛將油門催得更凶，連人帶車，猶如一道藍色閃電，劈過漫長公路，一盞盞街燈像是書本翻頁般地快速向後飛退，遠處的樓宇彷如鬼影，搖曳著幽冥燈火，天際那終年濃厚的暗雲，隱約閃耀著紅色的電光。

芯愛駕著重機急速向前，漸漸逼近前方三輛跑車，三輛跑車開始蛇行，忽左忽右，芯愛立時有了警覺，減緩速度，她望了望後照鏡，後頭的重機陣逐漸逼來。

「嘖！」芯愛皺了皺眉，她生前連腳踏車都不會騎，不知怎地，死去成鬼，在陰間卻對自己的騎車技術相當有信心。在城隍府裡，她被發配一台小50機車，這讓她十分不滿，經常向阿武討車來騎，阿武當然不肯，她便偷騎。或許是知道自己已經成鬼，能夠飛天遁地，自然不怕摔車，再加上她一身枉死怪力，輔以馬面面具的神力，讓她自信滿滿，覺得自己就像是電影裡的城市英雄一樣，要滅惡除奸、維護正義。相較之下，騎機車便成了小事一件，且她確實騎得很好。

芯愛一個壓車急閃，閃過那突然蛇行逼來的跑車。

此時，她與第三輛跑車並行，前頭還有兩輛不停蛇行的跑車，後頭則是那重機隊伍。

那與芯愛並行的跑車，卻不繼續逼來，反而向右讓開了些；同時，第二輛跑車則往芯愛左側稍稍減速，將芯愛逼往車道中央，這時最前頭的跑車也稍微減速，駛在芯愛正前方。這麼一來，三輛跑車可將芯愛前方左右全堵死了。

後頭的重機隊伍逐漸叫囂追上，芯愛望了望後照鏡，有些飆車鬼已經高高揚起球棒，球棒上還插滿了鐵釘。

「陽世有人渣，陰間有鬼渣，不管陽世陰間，都有數不清的敗類。」芯愛恨恨地咒罵。

「喂，妳要去哪啊？別去行不行，來和我們聊聊天嘛。」「哇，女陰差耶，好難得喔！」「把面具摘下來好嗎？讓我們看看正不正啊！」三輛跑車的車窗降下，裡頭的混混笑著向外大喊，甚至還伸出手揮舞，企圖扒抓芯愛的身子。

「媽的……」芯愛矮下身子，抬起右腳，伸手解開右小腿上槍套鈕子，掏出了佩槍，她這動作露出了雪白的大腿，惹得跑車裡的混混們興奮地狂吹口哨，吼叫著不堪的污言穢語。

芯愛握著佩槍，卻沒放下腿，而是逼近了右側的跑車駕駛座，猛地一踹，踹碎了駕駛座車窗，二話不說就朝裡頭開了一槍。

那狀似左輪的手槍射出來的不是子彈，而是一束網子，迅速纏在駕駛座那方向盤上，只聽見裡頭發出陣陣尖叫，跑車失控，向左撞來。

芯愛則在開槍同時煞車減速，閃開了撞來的右側跑車，任它撞上包夾在左側的跑車。

芯愛接著急向右轉，繞過了兩輛撞成一團的跑車，與第一輛跑車並行。

「哇！」後方的重機隊伍急急閃避前頭那撞在一塊而突然減速的兩輛跑車，十幾輛重機當中有三分之一沒能避開，轟隆隆地撞成一團，剩下的重機則持續加速追趕。

剩下一台黑色跑車搶在芯愛的前頭，這輛跑車性能極好，四面車窗都關上了，但天窗倒是敞開，站出一個嘍囉鬼，一手大力甩著鐵鍊，一手拿著一支燃著火的酒瓶，朝芯愛前方擲來。

芯愛猛地壓車左閃，一團焰火在她右後方炸開。她才剛穩回車勢，第二枚汽油彈又飛快扔來，她只好急煞減速，繞開前方那片火光。

這一減速，芯愛便落入了後方重機陣中了，她急急開槍，連發五記飛網，絆倒六輛車。

網槍只有六發子彈，芯愛身上雖還帶著彈藥，但此時也無法騰出手重新裝彈。

一輛重機自左側逼來，後座上那嘍囉鬼高舉著球棒大力橫掃打來。芯愛低身閃開，又一輛重機從右側追上。後座的嘍囉鬼揮動鐵管胡亂揮打，芯愛只好加速避開。她抬腿放回網槍，跟著從腰際棍套裡抽出甩棍，甩出棍身，磅磅地擋下第三輛重機上嘍囉鬼的襲擊。

「呀——喝——」芯愛右手操使著重機龍頭，左手揮動甩棍亂打。她仗著馬面神力加持，甩棍揮擊的力道強悍，兩三下就打飛了那個嘍囉鬼手上的插釘球棒，猛地再一棍，打在那嘍囉鬼背後，將他打得飛摔下車，接著再一腳，踹倒重機。

芯愛眼見後頭數輛重機加速逼來，趕緊伸手從外套口袋裡掏出墨鏡戴上，接著再掏出一枚閃光手榴彈，咬去保險栓，高高一拋，同時加速飛馳。

倏——

芯愛將車速加至極致，穿出了那陣花白閃亮，再次趕上前方的黑色跑車，而後方的重機怪叫嚷嚷，全倒成了一片。

遠遠地，已經可以見到閻羅殿，聳立在數公里外的交流道後方平原上。

跑車三扇車窗和天窗全開，嘍囉鬼們持著十字弓探出窗外，芯愛連忙再扔出一枚閃光手榴彈，同時加速追上跑車，藉著耀光掩護，揮動甩棍，打散了好幾副拼裝十字弓，也打歪了那些嘍囉鬼的手。

黑色跑車以車身向芯愛壓來，芯愛屢屢閃避，眼見交流道就在前方，但同時又有新一批車隊，朝著這頭逆向疾駛而來。

「可惡耶！」芯愛憤恨怒罵，砰砰兩記重踹，催動鐵蹄厚底鞋的力道，將黑色跑車的車門踢凹了。

芯愛急轉車頭，繞進交流道，追上來的飆車鬼們也一一繞來，揮動棍棒武器，緊追在後。

一個大彎後就是交流道出口，卻有一輛大貨車橫著擋住大半邊交流道口。

「噫——」芯愛驚訝之餘，猛地加速，竄過那另外半邊，飛竄到了街上，她本來以為貨車也是敵人，但從後照鏡中，見貨車車身上的塗漆字樣，不禁哈哈大笑——

寶來屋有限公司

那是小歸雜貨店的物流貨車，同時，兩側又有四輛寶來屋的物流貨車追來，一個司機探手出來，朝芯愛比了個大拇指，跟著指了指閻羅殿的方向。

「謝啦！司機大哥——」芯愛大聲道謝，催動油門。

後方傳來了一陣陣的撞擊聲，全是那些飆車鬼們繞過交流道時，撞上那橫擋在路口的貨車車身上，那貨車駕駛早已經跳車逃得不見蹤影，四輛貨車緊緊跟在芯愛後方護衛，往閻羅殿的方向飛馳前進。

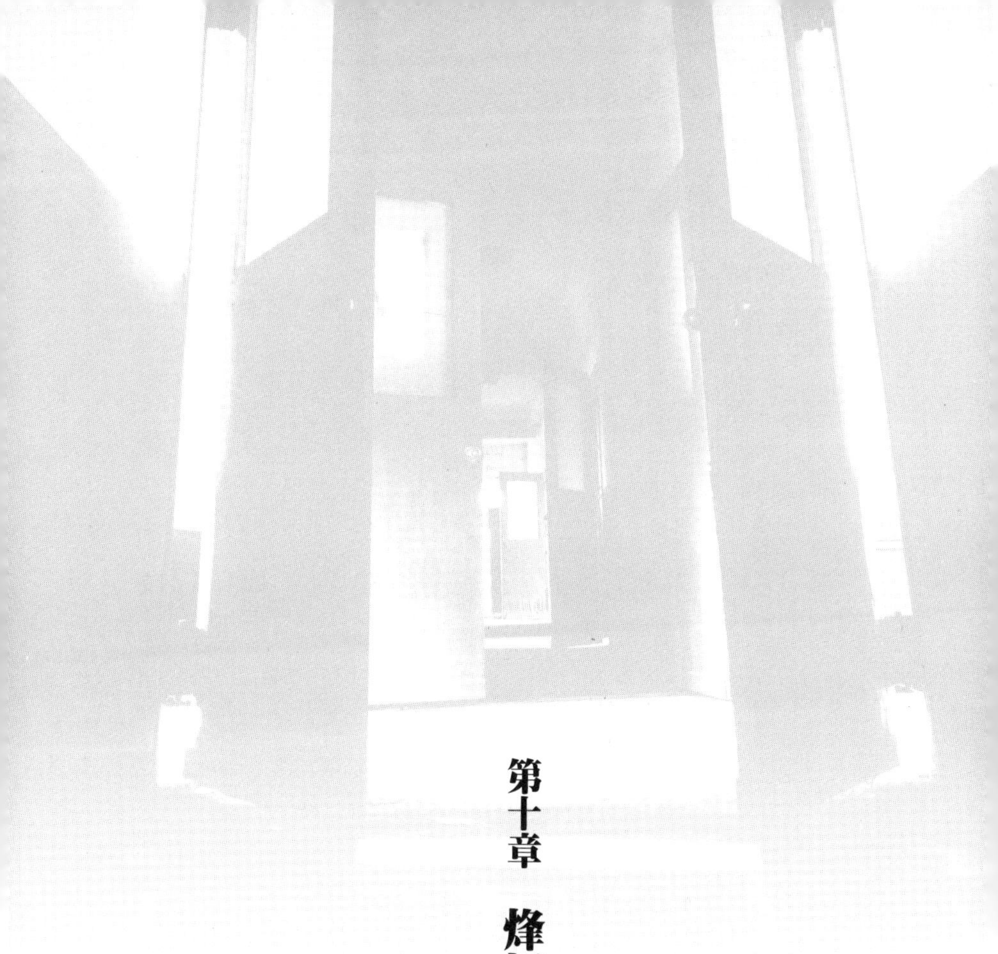

第十章 烽煙四起

「你們幹嘛？那邊不許過去！」

馬面保弟氣憤地拉開三個傢伙，將他們推得遠了些。

數十個野鬼聚在這處公寓樓下，這棟公寓被開了鬼門，底下已經拉起了封鎖線，但半小時前便已聚滿遊魂，胡亂往裡頭闖。保弟趕來，將這些傢伙趕得遠了，但他們又漸漸靠來，問些不著邊際的廢話，有的便趁機往封鎖線裡闖，被保弟一一拉出，搥了幾拳，抱頭求饒，但保弟一不留神，又有新的偷渡鬼想要闖關。

「現在是怎樣？全都造反啦——」保弟憤怒大吼，抽出了甩棍，作勢打人，這才逼開了正門十來個想要往屋裡竄的遊魂。但後門騷動更盛，顯然有遊魂偷偷從窗子、天上，四面闖入。保弟氣極敗壞地飛繞上天，磅磅地打落好幾隻野鬼，底下的野鬼紛紛抱頭鼠竄，但不一會兒又繞回來，朝保弟扔擲垃圾瓶罐，或往封鎖線裡硬闖。

保弟在空中氣得全身發顫，手足無措，趕緊取出手機，想要撥給牛頭大強，要他緊急趕來支援，但還沒撥出，鈴聲便已響起，正是大強打來的電話。

守在另一處非法鬼門的大強，遇到了一模一樣的情形，亟需保弟支援。

□

「幹咧，我們放鞭炮都不行喔！」

俊毅轄區的城隍府外，聚著數十個遊魂野鬼，帶頭那傢伙一臉橫肉，拿著一束沖天炮在城隍府門外耀武揚威，身後一群小弟，將沖天炮插在土上，持香點燃，任由沖天炮胡亂飛天，炸成一片。

「你不知道這裡是城隍府？你們想幹嘛？」城隍府的兩個雜役拿著掃把在門外喝叱，倏地一道光射來，在城隍府門外炸開，轟得花花亮亮，將雜役們嚇得撲倒在地，惹得那些或蹲或坐的混混鬼們笑得樂不可支。

「快叫牛頭馬面回來啊！」城隍府裡幾個祕書、文官，嚇得魂飛魄散，都以爲其他城隍要打進來了。

但此時俊毅手下那些牛頭馬面全都分身乏術，俊毅的轄區裡同一時刻發生的混亂場面多達十幾起，那些看似毫不相關的小集團們，各自持著古怪的理由鬧事，有的上餐廳吃東西不給錢還砸店；有的到處叫囂吵嚷，騷擾無辜遊魂；有的攔路收錢，不給錢就不給過……

光是五處非法鬼門，就聚著滿滿的野鬼，沒頭沒腦地不停騷擾駐守陰差，趕也趕不走。

整個俊毅轄區的治安如同炸彈般地爆發，天下大亂。

□

「這位大哥，給我個面子吧，帶你的人離開，算我欠你個人情。」小歸仰頭望著那個瘦瘦高高的男人，這麼對他說。

「給你面子？你算老幾？」瘦高鬼冷冷地說。「你的人情很值錢嗎？」

小教室裡，淵淵埋在思文懷裡，不住地流淚發抖；滿福的尿布就快要滿出來了，他嚇得臉色發白，神情呆滯；美花嗚咽哭著，不知所措；小奇握著小鋁棒，眼眶含淚，和一個怪笑的男鬼對峙著。

「小奇，不要看他！」思文伸長了手，將小奇撈了回來，緊緊抱住，她盡可能地伸長自己的雙手，摟住四個孩子。

四隻鬼在小教室裡東逛西晃，像是觀賞小動物般地看著思文和孩子們，他們全現了身，所以孩子們也看得見他們。

不久之前，日頭才一落下，小教室外便傳出了怪異的聲音，小奇警覺地跳起，操起他備在身邊的小鋁棒，直嚷嚷著壞人又來了，說自己沒騙人、沒作夢，叫大家一起和他打壞人。

自然，第一隻鬼跨進小教室時，孩子們幾乎全嚇呆了，儘管小奇已做足了心理準備要守護這個外公和外婆胼手胝足建立的家園，但他畢竟只有五歲，哪裡是鬼的對手，他胡亂揮了兩下，就被思文拉回懷裡。

思文也嚇得面無人色，她不明白爲什麼自己連夜布置的鎮宅符和護身小香包全沒了效果，此時除了小教室裡的四、五隻鬼外，客廳大概也聚著十幾隻鬼，將小歸團團圍住。

「別這樣啦……歸爺好歹也是個人物，你們……唉……大家上來，不就是爲了求財嗎？何苦搞成這樣呢？」一個中年鬼這麼說，他話才剛說完，立刻就遭到幾個惡鬼一陣痛毆。

「是啊，我們是上來求財，不過我們是拿人錢財，替人辦事啊，你這老小子在底下囂張橫行，現在來妨礙老子我發財就是了？歸爺、歸爺，聽了就讓人火大，你眼裡沒有我天爺啦？」這自稱是「天爺」的瘦高男鬼，嘴裡還叼著一根菸，呼呼地吐出一口煙，睨視著小歸。「這地方現在歸我管，你要嘛乖乖看戲，要嘛就滾出去，少在這邊礙手礙腳。」

「……」小歸默然一會兒，說：「這屋子主人現在不在，你鬧房也沒用，你要霸著房子也行，讓女人和孩子們離開這屋子，到外頭去避避，這裡隨你鬧，如何？」

「媽的，你當我白痴？」天爺怒氣沖沖地罵：「我鬧房子，當然是鬧給人看，你讓人走，留一堆鬼，我鬧給鬼看、鬧給你看啊！」

「天爺……」小歸嘆了口氣。「這樣嚇唬陽世孩子，罪很重啊……」

「我告訴你……」天爺彎低了身子，叼著的香菸幾乎要碰著了小歸鼻端，他盯著小歸雙眼說：「我當人時安分守己，最後卻死於非命；但我當鬼，偷搶拐騙，什麼都來，反而混得一天比一天好。我在底下八年，殺死七隻鬼，我上來十六次，弄死四個人，我越混越大，現在跟著鐵牛哥，人人都喊我一聲天爺。你覺得我會怕多揹條嚇唬孩子這樣的罪名嗎？」天爺這麼說，跟著仰頭，哈哈大笑：「在陰間！就是這樣，弱肉強食，你有錢有勢力，你就無罪，管你要橫著走都行；你沒錢沒勢力，你就有罪，你要下十八層地獄入刀山落油鍋！嚇唬孩子罪很大？哈哈哈哈——」

「錢我有，勢力我也有，天爺大哥，你要錢，我也可以給你……」小歸苦笑地說：「許先生你認識吧，我的錢都是他燒給我的，不如我們商量商量，大家合作，我在底下的寶來屋你也聽過嘛，我讓幾間給你，錢也給你，你有了錢有了勢力，就不見得要叫鐵牛作『哥』啊，你可以和他平起平坐，不，說不定比他更大，我跟你說，我在底下不把鐵牛放在眼裡的……」

「……」天爺大口吸著菸，鼻孔冒著繚繞煙霧，像是有些被小歸這番話打動了心頭，他想了半晌，搖搖頭。「開什麼玩笑，你在撬鐵牛……哥的牆角啊，誰都知道現在寶老仙和俊毅不對盤，你是俊毅的人，底下誰都跟你們不合，我可沒那麼蠢，你想挑撥離間啊，老小子！把人給我帶過來——」

「你們要幹嘛？」思文尖叫，見幾個惡鬼朝她走來，她擁著哭泣的孩子們不停後退，退到了門邊，退出了門，被逼到了客廳中央。

小歸緊握拳頭，咬牙切齒，他的背包裡雖然有防身武器，但此時四周都是敵人，若要動手，就得有萬全的把握，否則這些嘍囉們一擁而上，一人一拳都能打死他。

「怎麼玩呢？」天爺望著擁著孩子們的思文，見思文眼眶含淚地怒瞪著自己，便哈哈大笑。「這小女生不怕鬼喔。」天爺邊說，突然朝思文逼近，露出猙獰面孔。

思文閉起眼，將孩子抱得更緊，渾身發抖。

「哈哈哈，還是會怕嘛！」天爺笑得更開心了，他想了想，說：「有了！來玩虐童事件，青春可愛的大姊姊，把小朋友的屁股打得開花，一定會上報紙、上新聞！」

「你變態啊！」思文聽天爺這麼說，氣得睜開眼睛，朝天爺大罵。

「我變態又怎樣——」天爺喝了一聲，又露出鬼臉，一把抓住思文的手將她提了起來。

「啊！」思文驚恐至極，揮手要打天爺，但她那隻手卻穿透天爺的頭臉；而她的另一隻手，卻受制於天爺的抓拿，被高高提著。

「嗯，打哪個壞孩子呢？」天爺嘖嘖吐著煙，左顧右盼挑選著，見小奇怒氣沖沖地像是要撲上來咬他，便指著小奇，向身旁的嘍囉吩咐：「就是他了，打他屁股。」

兩個嘍囉鬼一把便提起小奇，脫下他的褲子，露出小屁股，朝向天爺。

「哈！不乖的小孩就要打！」天爺哈哈大笑，抓著思文的手，朝小奇的屁股狠狠打了好幾下。

「你……」思文氣得大哭，卻毫無辦法，她哭叫著求救。「小歸！救我們——」

「……」小歸強忍著怒火，不發一語，他知道自己一出手就要獲得全功，現在不過是一個頑劣小鬼被打兩下屁股，又算得了什麼。

小奇倒是一聲都不吭，儘管眼淚不停滴在地上，也咬牙忍著。

「呼……這小鬼挺倔強。」天爺見小奇這副模樣，似乎覺得不好玩，他看見溫溫和美花哭得涕淚縱橫，再打幾下大概也是這種哭法，缺乏變化；接著，他看向呆滯的滿福，不禁嘻嘻一笑，朝嘍囉使了個眼色。「來來來，換人，打這隻小豬仔好了。」

嘍囉鬼便扔下了小奇，揪起滿福，脫下他的褲子，露出了厚厚的紙尿布，滿福這才給嚇得回了神，嚎啕大哭起來。「哇——」

「你們不要欺負滿福喔！」小奇怪叫一聲，朝那兩個嘍囉鬼拳打腳踢，但都像是打著空氣般，毫無作用。

「天爺……這……」兩個嘍囉鬼像是捧著枚炸彈似地抱著滿福，嫌惡地望著他那紙尿布，說：「好臭呢……」

「嘖……」天爺也捏了捏鼻子，瞪著滿福，像是猶豫著滿福那紙尿布會弄髒自己的手。

「哇——哇——」滿福哭得更大聲了，他不停掙扎，肚子一撐，竟將紙尿布撐得繃開，一股濃烈的尿騷味登時四散開來。

「啊——」兩個嘍囉鬼首當其衝，左右彈開，摀著口鼻，像是讓毒氣彈炸著似地。

「嘔——」跟著天爺翻起白眼，轉身抱著肚子撲倒。

「啊！是童子尿！」小歸摀住了口鼻，趁著眾鬼混亂，快速從背包中掏出一枚閃光手榴彈，拉開保險栓，高高拋起，跟著撲倒在地。

唰——閃光彈炸開，白光耀眼，由於小歸早有準備，搶先撲地閉眼，因此沒受什麼影響，而那些被滿福的童子尿熏得措手不及的遊魂惡鬼們，全讓這閃光彈照得倒地亂滾。

反倒是思文和孩子們毫髮無傷，他們不明白這些惡鬼怎麼會對滿福的尿怕成這樣，也不明白爲何小歸手晃了晃那些鬼就通通倒地，思文趕緊領著孩子們，往角落退。

「上樓、上樓！」小歸拿出電擊棒，一手還持著閃光彈，掩護著思文後退，他已經戴上了墨鏡，咬開一枚閃光彈的保險栓就往二樓拋，一陣耀眼白光，炸翻了二樓那幾隻惡鬼。

「大家別怕，我們往上逃！」思文左手抱著溫溫，右手挾著滿福，喊著美花和小奇，往二樓衝。

「去我房間、去我房間！」小奇怪叫著，思文領著孩子們要往小奇房間跑，但見小奇房間佇著好幾隻惡鬼，嚇得又退了出來。思文見三樓也有惡鬼飄下，只好往張大姊房間裡退。

「媽的，眞的好臭，嘔——」小歸揮動電擊棒，一記突刺，頂著一個惡鬼，電得他口吐白沫。轉頭朝思文大喊：「躲進衣櫃，用童子尿抹濕櫃子木板，鬼進不去！」

「哇！嘔——」張大姊房裡的兩隻鬼，一見思文領著孩子們進來，本來要衝上去嚇人，但只聞到一股凶猛惡臭，頓時抱頭鼠竄。

「聽小歸哥哥的話，躲進衣櫃！」思文領著孩子來到張大姊房間的大衣櫃外，美花和小奇左右拉開了櫃門，翻身爬上，思文將溫溫和滿福也塞了進去，跟著她見到滿福的尿布還掛在腿上，便一把搶下尿布，朝著兩隻惡鬼亂甩，嚇得惡鬼穿牆而逃。思文見這童子尿眞的有效，趕緊在櫃門上胡亂抹著，還朝裡頭喊：「滿福，快尿尿！尿越多越好——」

「啊！這是我外公外婆的衣櫃啊！」小奇慘叫一聲，但滿福已經尿了，就尿在張大姊那疊衣物上。

「溫溫也尿尿了！」美花尖叫一聲，原來膽子小的溫溫早被嚇得魂飛魄散，聽思文喊尿尿，便尿尿了。

「童子尿能驅鬼，把尿塗在衣櫃的板子上！」思文大叫。

「什麼！」小奇憤怒叫罵，但見惡鬼已經擠到了門外，小奇也退守進了臥房，只好乖乖照做，拿著媽媽被尿濕的衣服，胡亂抹著衣櫃四周木板。

思文眼見惡鬼就要擁入房中，趕緊拿著尿布，也躲入衣櫃，喀啦一聲，把櫃門拉上。

「大家不要怕……不要怕……鬼進不來……」思文左手摟著溫溫和美花，右手摟著滿福和小奇，哽咽地說：「文文姊姊……講故事給你們聽喔——」

「漏了天花板啊！」小歸的聲音從思文頭頂喊下，他自衣櫃上方竄入，外頭群聚而來的野鬼太多了，他的閃光彈早已丟盡，電擊棒也給搶走了，只好往衣櫃裡撤，但他一進衣櫃，立刻捧腹作嘔。「哇！臭死我啦——」

「對喔！」思文猛一驚，趕緊站起，拿著尿布和髒污衣物，拚命擦拭著衣櫃頂板。

「唔……唔……」小歸只嘔得渾身虛脫、頭昏眼花，他突然靈機一動，用上最後的力氣，從背包翻出了擬人針，往自己胳臂上一扎，將藥液注入體內，一陣顫抖，他擬化出了人身，便對這驅鬼童子尿不那麼敏感了。

「你……你是誰啊，哥哥！」小奇剛剛雖然在樓下見過小歸，但他突然擬化出人身，且外表又是個十歲大小的孩童，孩子們這才意識到櫃子裡多了一個小哥哥。

「我是哥哥，你們要聽我的。」小歸只覺得渾身發軟，往思文身上一靠，只覺得思文身體暖呼呼軟綿綿的，讓他覺得十分溫暖，這樣的溫暖對小歸而言，是好久好久以前，幾乎超過半個世紀的回憶了，他早就記不起來當中的細節和情景，只覺得這樣的感覺有些似曾相識，讓他捨不得離開思文的身子。

「這個哥哥怎麼啦？」小奇這麼問。

「哥哥？怎麼會有一個哥哥？」滿福和溫溫怪叫著。「是誰的哥哥啊？」

「他頭好燙喔！」美花碰了碰小歸的腦袋，甩了甩手，小歸畢竟仍然是鬼，即便擬出了人身，對童子尿依然有些許敏感，且他在擬化人身之前，就已經被童子尿熏得頭昏眼花了。

「他是小歸哥哥，是來幫我們打壞人的，大家不要怕，還有一個曉武哥哥，他很厲害，他是警察，他會來救我們的。」思文這麼講。

「曉武哥哥？那又是誰啊？」小奇怪叫。「怎麼有那麼多陌生人要來我家！」

「阿武喔……」小歸頭昏腦脹地說：「他……對啊，弟弟妹妹不要怕喔，等等……

就有超人來救你們了……」

「超人？什麼超人？」「超人要來啊！」小歸這樣的說詞，果然激勵起了孩子們的士氣。「超人會打鬼嗎？」

「會啊，阿武專打鬼，他是牛……牛頭超人。」

「牛頭超人？」

□

「你聽好，待會我焚香祭祀，你別說話，等等我讓你說，或者宋爺問你話，你才說。」何麗華這麼吩咐阿武，接著打開了儲藏室的門，領著阿武入內，然後又拉開了密室拉門，進入密室，再關上拉門。

阿武感受到那門上符籙的炙熱氣息，便刻意裝得誇張些，唉呀呀地叫了幾聲，退到了遠處的角落。

「小心點，那是我的驅鬼咒。」何麗華得意地說。

「是……」阿武縮在牆角，他見何麗華到了另一處牆角，那兒有個小祭壇，上頭供著幾塊無名牌位。她虔誠地跪下，焚香祝禱，閉目唸咒。

阿武立刻拿出手機，準備攝影，同時見到手機上的簡訊——

芯愛收到婆娘施放城隍令的影片，偷騎你的車，趕往閻羅殿作證，你找到新證據，一併傳給芯愛，別太擔心，我通知兄弟去護衛了。至於鬼門這裡，交給我就行了。

「……」阿武快速看完簡訊，心中盤算自己是該拿了城隍印就走，還是要繼續監視何麗華？他決定繼續待著，他開啓手機的攝影功能，拍攝起何麗華唸咒招神的模樣。

何麗華十分虔誠，高聲吟唸著咒語，她面前那小祭壇晃動起來，幾塊墨黑色的牌位喀啦喀啦地晃動著。

「宋爺——宋爺——您聽見弟子的話嗎？宋爺——」何麗華恭敬地問著。

何麗華一連問了五、六次，終於得到了回應。

「我聽見了。」

阿武猛然一震，果然是宋達的聲音。他吞了一口口水，繼續拍攝著那跪在牆角的何麗華，儘管他知道何麗華這種通靈之術只能和神靈進行言語溝通，只要他不開口，宋達便不知道他的存在，但他還是忍不住按低了紳士帽的帽簷，拿起墨鏡戴著，還從背包裡掏出幾枚閃光彈放入風衣口袋以備不時之需。

「您交代的事我都辦妥了，我昨天又開了一處鬼門，一共開了五處，鬼門令已經用盡，您還有需要嗎？」何麗華這麼說。

「嗯，現在柏老有空，可以先寫幾張備著，但別用，等我吩咐。」宋達的聲音遠遠傳來。

「是……」何麗華這麼說，跟著起身，來到那張褐紅色木桌前，在木桌旁的櫃子裡翻翻找找，取出了硃砂、墨汁、毛筆，接著她伸手拉了拉那上鎖抽屜，唉呀一聲，皺了皺眉，打開拉門要出去，還對阿武比了個「別說話」的手勢。

阿武知道是何麗華忘了帶鎖頭鑰匙，她要開抽屜拿城隍印，但城隍印被他藏在另一只櫃子抽屜裡。

阿武只考慮了三秒，立刻躡手躡腳地來到他藏放城隍印的櫃子前，輕輕拉開抽屜，取出城隍印，再來到那上鎖櫃子前，按照同樣的方式，取出上層抽屜，將城隍印放入下層抽屜，將上層抽屜塞回，最後才拿著手機退回原位。

他本來不打算這麼麻煩的，他已經錄下了宋達的聲音，隨時可以擊昏何麗華，臭罵宋達一頓，然後搶了城隍印就跑，但他聽見宋達提起了「柏老」便改變了主意。

柏老原是正在地獄受苦刑的司徒史的文書官，在司徒史被摘下烏紗帽、打入十八層地獄後，也遭到免職和通緝，本來人人都說他躲得好，沒被揪出來，但現在看來，原來是受了宋達的庇護，聽命宋達指揮來寫這城隍令供何麗華使用。

阿武聽見何麗華腳步聲逼近，再次把手機拿得隱匿些，低垂著頭，不發一語。

何麗華根本沒留意阿武的一舉一動，她急忙以鑰匙旋開鎖頭，一面連聲道歉：「我準備東西呢，就快好了……」

何麗華打開抽屜，取出了城隍印放在褐紅木桌上，這才鬆了口氣回到小祭壇前，燃起一炷香，重新唸咒祝禱。她一面唸，一面起身回到桌前，拉來板凳坐下，將雙手按在桌上，口中持續唸咒。

何麗華的身子發出了誇張的顫抖，然後漸漸平息，她抬起頭，嘿嘿笑了兩聲。「都準備好啦，瞧瞧。」

「嗯……硃砂血、符墨汁、官印紙，還有……城隍印！好，好！」何麗華像是變了個人似地彎著腰在桌前東忙西忙，突然她愣了愣，回過頭，望著阿武。「你……你是誰啊？」

「我是鐵牛哥的人，鐵牛哥派我來幫忙何小姐，我還在等何小姐吩咐呢。」阿武壓低聲音，不敢抬頭。

「哦，那你不說話，想嚇死我啊！」何麗華呸地一聲罵著。

「何小姐叫我別開口說話的。」阿武答。「何況我也沒資格說話。」

「哼，你知道就好！」何麗華哼了哼，轉身忙了起來，她捏著毛筆蘸了墨，在黃紙上畫起了鬼門。

阿武見附在何麗華身上的柏老開始作畫，趕緊將手機舉高，拍起柏老的一舉一動。

「柏老，你跟誰說話？」宋達的聲音突然響起。

「我？我和鐵牛的人說話吶。」柏老這麼答。

「鐵牛？鐵牛的人怎麼會在那邊？」宋達有些疑惑。

「啊？我不知道，他……」柏老轉頭，望著阿武。「你說話啊，宋達大人問你話呢！」

「！」阿武面露喜色，何麗華都稱宋達為「宋爺」，但柏老卻直接稱「宋達大人」，這麼一來，「宋達大人」這四個字，就連同何麗華轉頭喊他的模樣，一併進入了阿武的手機影片裡了。

「咦？你做什麼？」柏老見阿武拿著手機對著自己，不禁有些警覺，他站了起來，指著阿武。「你……你到底是誰？」

宋達的聲音也提高許多：「還有誰在那裡？」

「還有你老子我。」阿武哈哈一笑，仰起頭來，朝那小祭壇大喊：「張曉武！」

「張曉武——」宋達的聲音瞬間高了八度。

「幹你不用重複一遍。」阿武得意大笑，一抬腳便踹倒何麗華，抓起那畫到一半的城隍令和布包裡的城隍印塞入背包，轉身就要跑，但突然發覺拉門是關上的，門上的符籙放出了炙熱火光，將他逼退。

「柏老！柏老——張曉武在那裡做什麼？」宋達憤怒吼著。

「他……他搶了城隍印，他在錄影，他用手機錄影！」柏老怪叫著，他竄出何麗華的身子，在室內盤旋，想要飛身來搶阿武手上的手機，但被阿武揮動電擊棒逼開。

「什麼——」宋達駭然大驚，憤怒罵著：「張曉武，你好大膽子！」

「你才好大膽，你他媽窩藏柏老，又在陽世養羊，勾結竇老仙，你叫柏老畫城隍令，再指使羊去施法開鬼門，再叫竇老仙派出手下騷擾凡人住家，賺取陽世金錢，燒下陰間，瓜分得利！順便嫁禍給俊毅，搞得俊毅轄區雞犬不寧，你烏龜王八蛋，下流齷齪鬼，你完蛋了，我手上鐵證如山，你準備切腹吧，幹你娘！」阿武一陣怒罵，和柏老在小小的密室裡大戰起來。

柏老道行雖高，但是阿武收去手機，一手拿著電擊棒，一手持著閃光彈，也逼得柏老無計可施。

「何麗華！何麗華！快施法收掉張曉武！快——」宋達憤然下令。

何麗華掙扎起身，還不明白場面怎麼忽然變成這樣，她這是第一次聽見阿武的名字，雖然陌生，但這地方就只有一人兩鬼，宋達指的張曉武，自然是這個她本以爲是宋達指派給她的助手，她雖然驚訝，但也只能照著宋達的指示行事。她心想一定是阿武說錯了話，得罪了宋達還是柏老，才把場面搞成這樣的。她氣沖沖地比起咒印，唸起咒語，斥罵阿武：「野鬼，還敢撒野！」她高喊一聲，一記指印指向阿武。

「喔！幹！」阿武只覺得胸口像是被打了一拳，有些疼痛，但又不會太痛。

何麗華終究道行不夠，她趕緊翻找櫃子，想找出家傳驅鬼符來用。

「不和你們鬧了，我要去釘爆宋達那個狗雜碎啦！」阿武大笑一聲，閉上眼睛，拋出一顆閃光彈，炸退柏老，同時他另一手早已自口袋裡取出擬人針，朝自己腿上一扎，注射。

「你這冥頑不靈的野鬼，給我納命來——」何麗華終於找出了家傳驅鬼符，她捏著符，大步跳來阿武身前，唸咒施法，朝阿武指去。

「哦！幹！好癢！好難受！」阿武被擬人針的作用弄得全身發麻發癢，身子漸漸結實，擬化出了人身，他見到何麗華捏著符對他比手劃腳，幹的一聲一腳踹去，結結實實踹在何麗華肚子上，將她踹得撞上紅木桌子，摔倒在地。

「你他媽的賤貨！」阿武想起一路上忍氣吞聲，全是爲了這一刻，他怪叫幾聲，上前一把掀翻木桌，揪著何麗華的領子重重賞她好幾巴掌，跟著還一腳踹倒了角落那小祭壇，將那漆黑牌位紛紛踩碎，拋出一顆閃光彈，再次炸退柏老。

「閃人啦，掰掰！」阿武擬出了人身，便不怕拉門上那驅鬼符籙了，他一把拉開拉門，殺出儲藏室，奔衝下樓，沿路亂摔亂砸，將花瓶、窗戶、鏡子、畫作全砸了個稀爛。

他殺到客廳，手裡還抓著一片玻璃碎片，刷地將何麗華那名貴眞皮沙發畫了個大叉叉，這才心滿意足地踹開大門，衝出這豪華別墅。

他一路奔衝，只嫌人身跑不夠快，便又取出了小歸給他那管解除擬人作用的針筒，扎在身上，注入藥液。

「啊，幹，一樣癢，好癢！」阿武邊罵邊跑，越跑越快，雙腳騰空離地，飛了起來，他變回鬼身了。

「哈哈，這次你完了！」阿武全速飛奔，取出手機，檢視剛剛拍到的影片，他開啓通訊錄，將影片傳給芯愛。

然後，他再次收到了小歸的簡訊——

救命

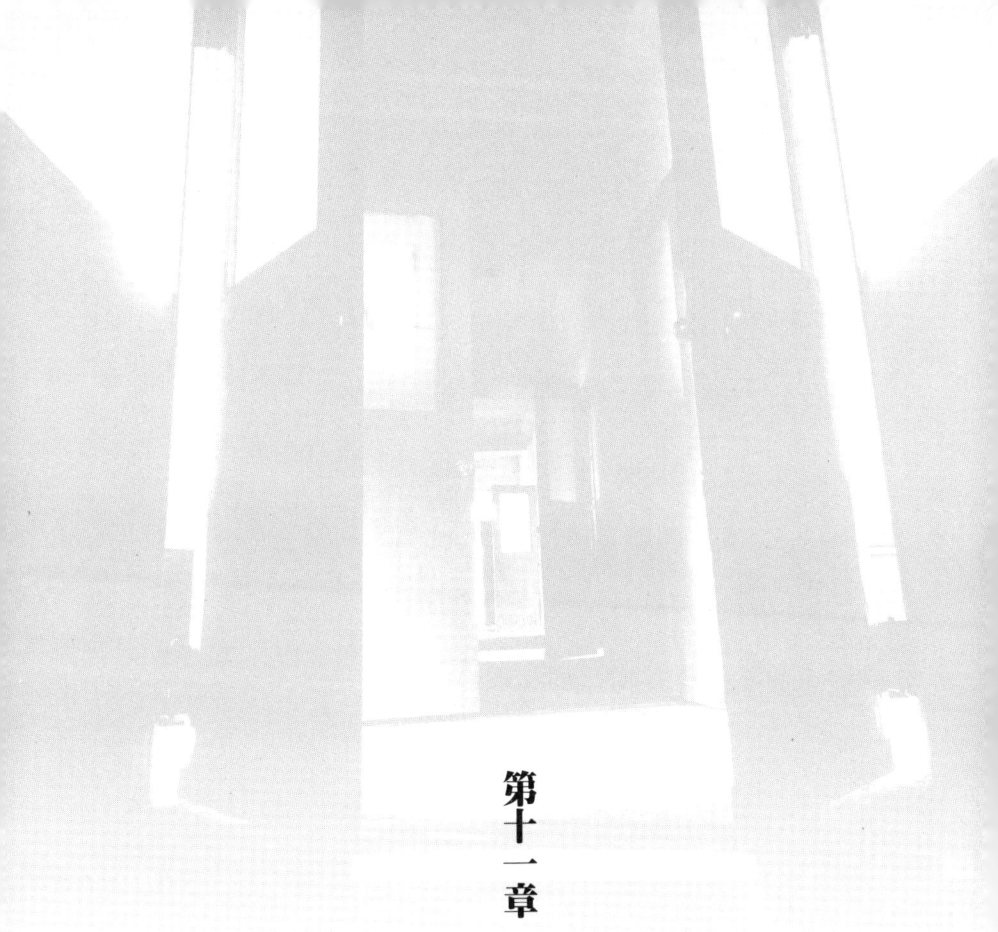

第十一章　牛頭超人

「小歸哥哥，牛頭超人會哪些招式？」

「小歸哥哥，你到底從哪裡跑出來的啊。」

「文文姊姊……小歸哥哥是誰？」

「怎麼有六個人啊？一、二、三、四……」

「他是誰的哥哥啊？是滿福的哥哥嗎？」

「我沒有哥哥……」

「那是溫溫的哥哥嗎？」

「我也沒有哥哥……小歸哥哥要當我的哥哥嗎？」

在漆黑的衣櫃裡，飽受驚嚇的年幼孩子們彷彿置身夢境，他們看不見彼此，只能東摸摸西摸摸，對於突然多出一個小哥哥，感到非常地好奇。

「你快說，牛頭超人到底什麼時候來？」小奇大力搖著小歸。

「小奇，別這樣弄小歸哥哥……」思文阻止了小奇，她輕輕摸著小歸的頭，雖然她聽阿武說過小歸是個老鬼，但她並不清楚小歸的身世，且小歸一直以十歲孩童的模樣現身，因此她此時也將小歸當成了小弟弟一般照顧。

突然一陣鈴聲，小歸驚嚇坐起，連忙接聽手機，是阿武。

「你那邊怎樣?」阿武匆匆地問。

「那張城隍令是『禁神令』,房子裡的鎮宅符和護身符都沒用啦!」小歸這麼說:「我躲在衣櫃裡,女人跟孩子也在衣櫃裡,你快來。」

「你撐著,我拿到城隍印了,也拍到關鍵證據,已經傳給芯愛了,我這就過去!」阿武急急地答。

「張曉武在哪?」

「張曉武出來!」

「張曉武把城隍印交出來!」

一陣陣吆喝聲,四面八方地自衣櫃外響起來。

「哇!」小歸和思文以及孩子們,可都嚇了一跳,外頭的騷鬧聲越來越大,像是一下子有上百隻惡鬼一口氣擁了進來,全喊著阿武的名字,聲音之大,連手機那端的阿武都聽見了,他急急地問:「怎麼了?怎麼了?」

「你搶了城隍印,宋達大概氣炸了,他知道我被困在這,所以要竇老仙大動員,他手下全上來找你了。」小歸苦笑地答。

「媽的!撐住——」阿武使勁飛奔,但離透天厝還有好遠。

「小歸哥哥，你在做什麼？」「你在和牛頭超人講話嗎？」美花跟小奇這麼問，溫溫則又嚇得哭了。「是什麼聲音啊？有好多人在外面，他們是誰啊？」

「他們是壞人，嗯……是壞鬼……」小歸虛弱地說：「他們在陽世是壞人，死掉以後，就變成了壞鬼……好的鬼，幫助好城隍；壞的鬼，幫助壞城隍，現在這些壞鬼，就要幫壞城隍的壞陰差，欺負我們這些好孩子啦……」

轟轟烈烈的騷動聲四面八方地從窗子、天花板、底板下、門外，全湧進了張大姊的臥房。

衣櫃震動起來，轟隆轟隆，是那些惡鬼，開始搖動起衣櫃。

「呀——」小孩子們嚇得尖叫起來，滿福一陣哆嗦，又尿尿了，思文趕緊摸取衣物，擦拭那些尿，然後在衣櫃門板各處塗抹補強。

衣櫃的拉門被拉得轟隆作響，思文一驚，趕緊抵著拉門。

「大家幫忙，不要讓壞鬼進來！」小歸喊著，也出力抵著門，外頭的惡鬼們讓衣櫃裡溢出的童子尿氣味熏得渾身發軟，輪流上陣推門，一個吐了，就換另一個上。

「呀，幫忙、快幫忙！」小奇嚷嚷著，也幫忙抵著門，但外頭那輪番上陣的惡鬼們聲勢浩大，仍然將拉門一點一點地推開，他們將手伸入門縫，上下扒抓。

「哇——」孩子們嚇得魂飛魄散，全退到了一邊。

「滾出去！滾出去！」思文拿起滿福的尿布，胡亂揮動，搧出一陣陣腥風，只聽見外頭傳來陣陣作嘔聲和哀號聲，破門之勢稍稍減緩了些，小歸又將拉門給抵了回去。

突然又是一陣鈴聲急響，小歸接起，是芯愛。

「小歸、小歸，你們那邊怎樣了？」芯愛急急地問。

「快不行啦，我快死啦……」小歸有氣無力地說著：「神仙呢？閻王呢？城隍呢？陰差呢？」

「你怎麼了？怎麼啦？」芯愛的語氣又是緊張，又是興奮。「我殺進閻羅殿啦，哈哈，還打倒五、六個阻擋我的差役！」

「什麼！」小歸聽芯愛動手攻擊閻羅殿的差役，可嚇得渾身發冷，他尖叫：「妳瘋了嗎？妳是去作證的，妳跟閻羅殿的人起衝突，那妳要向誰告狀？」

「向誰告狀？當然是向十殿閻王告狀！」芯愛哈哈大笑。「我打倒一堆傢伙，還扔閃光彈亂炸，這才驚動正在開會的閻王，不是每個閻王都那麼黑，還是有好的！他們讓我進會議室，讓我發言，我是用俊毅的手機打給你的，至於我的手機呢，正在播放曉武哥拍下的影片呢——十殿閻王、各路判官、十幾個城隍，通通睜大眼睛看呢！你呢？你現在如何？」

「我……妳等等……」小歸頓了頓，操作起手機，切換了幾個功能，畫面一閃，出現了芯愛的視訊畫面，這是視訊會議功能，這麼一來，衣櫃裡的畫面，也傳到芯愛的手機裡了，雖然漆黑一片，但隱隱能見到那轟動門縫裡，透出一陣陣的光，那喧囂吵鬧的叫罵聲，一聲聲透過手機，傳至地府，傳至閻羅殿，傳至十殿閻王的會議上。

「你們怎麼了？這是什麼？」芯愛怪聲問著。

「妳把這個畫面放大給閻王們看吧，我是個老鬼，也當過大爺，死了就算了，不過妳看看，這裡有陽世生人呢，是一個年輕姊姊和四個孩子，他們年紀都還很小。」小歸努力撐起身子，四周的叫囂聲愈漸響亮，幾乎要蓋過了小歸虛弱的說話聲，他扯開喉嚨喊：「拿去給閻王看，給所有陰差看，看看好多好多的鬼，要殺凡人孩子啦——」

芯愛猛一驚，連忙轉身要照小歸的話去做，但她見到偌大的會議室裡，鴉雀無聲，十殿閻王、各路判官、城隍們，全望著她。

芯愛嗓門本來就大，興奮之下，一陣交談，這便吸引了所有與會者的注目。芯愛有些惶恐，高高舉起手機，急急跑著，她跑過了幾個城隍身邊，瞥見那些城隍的臉上陰晴不定，像是在盤算著什麼。他們在會議的前半段，輪番上陣，群起發言，一個接著一個數落著俊毅轄區那接二連三的騷亂事件，城隍們主張縮減俊毅的轄區，平分給其他城隍代管，讓大家都出點力，幫這無能的俊毅收拾爛攤子，方能維持陰間的和平。

俊毅雖然準備了兩箱文件，全都是這兩年逮捕的惡犯資料，這些惡犯之中，許多都是被其他轄區的城隍縱放之後來到了俊毅轄區作惡。但俊毅甚至連發言的機會都沒有，每個城隍都像是準備了滿腹論述和糾正事項，一把一把利劍往俊毅攻堅，要輪到俊毅說話，還得再等六個城隍說完爲止，就在那時芯愛殺到了閻羅殿，拿著甩棍殺紅了眼，見鬼就打，連黑白無常都打。

本來黑白無常見了這場面，是有權舉槍格殺芯愛的，但黑白無常並非都是壞的，當中有些早已知道今天這討伐大會必然熱鬧，見芯愛一個新人陰差竟敢單槍匹馬打進閻羅殿，想必是抱著必死的決心，便阻止同僚開槍，一面誘她說話，引發爭論，讓更多人聽見她的聲音，終於驚動了這十殿會議。

起初城隍們可是對芯愛的言論嗤之以鼻，他們認爲阿武在張大姊那透天厝攝下的第一段影片，根本是造假的，企圖混淆視聽模糊焦點，他們堅持這是栽贓嫁禍。

趙城隍的反應尤其激烈，他就是宋達的直屬上司，他厲聲指責俊毅爲了遮蓋自己的無能，差使手下拍攝這抹黑影片，將過錯推到他的頭號愛將宋達身上。

那時俊毅並沒有辯駁什麼，只是摘下了頭上的烏紗帽，放在桌上，望著趙城隍，淡定地對他說：「張曉武是我的手下，他若犯錯，我負全責；宋達是你趙城隍的愛將，他若犯錯，趙城隍你負不負責？」

趙城隍臉色發青，怒氣勃勃，他沒摘帽，只是連連怒拍著桌子，在其他城隍的聲援下，厲聲喝叱：「你別冤枉人！」「你別胡言！」「你別模糊焦點！」「假威風！」

當中有些城隍企圖阻止芯愛繼續播放影片，被幾個閻王阻止了。

芯愛開始播放第二段影片。

漸漸地，聲援趙城隍的聲音越來越少。

影片裡拍到了何麗華，這沒什麼，第一段影片也有何麗華。

影片裡有張曉武的聲音，第一段影片也有張曉武的聲音。

影片裡拍到司徒史的城隍印，這十分驚人，但無關宋達和趙城隍的清白，或許是張曉武從黑市買來攞進來嫁禍的。

影片裡有何麗華親口喊出「宋達大人」這四個字，也沒什麼，只是張曉武的栽贓伎倆罷了。

但宋達回話了，這不能沒什麼了，這分明是他的聲音，戴著馬面面具說話，是可以比對聲紋的，且他越回越多話。

柏老現身了，柏老和宋達對話了，柏老聽宋達的指示行事，替宋達書寫城隍令，畫的是鬼門令——

這婁子捅得太可怕了。

沒有一個城隍再敢出聲，他們知道若在這種狀況下還想替趙城隍辯解些什麼，那麼自己也會被捲進去。

於是趙城隍瞬間失去了所有聲援。

但他依然沒有和俊毅一樣取下帽子任憑發落，而是鐵青著臉高聲喊：「宋達這小子啊，竟敢瞞著我做這些事……連我也騙！實在太可惡啦……等等，光憑影片也不能斷定那聲音一定是宋達，各位閻王，各位同僚，我趙城隍一定會給大家一個交代，若宋達真的在陽世養羊、勾結惡鬼作亂人間，我不會放過他的，我親手將他打入十八層地獄！」

再跟著，大家便被芯愛的嚷嚷聲吸引住了，也就是現在這一刻，只見芯愛高舉著手機，急忙奔來，她哀求喊著：「閻王大人啊，懇求你們下令解除司徒史的禁神令，否則陽世有四個孩子和一個女孩，就要枉死啦！」

芯愛一面說一面奔跑到那播放影片的電腦投影設備前，摘下她的手機，連接上俊毅的。

投影牆上的畫面立時不變，聲響透過了巨型揚聲器播放出來，那是群魔亂舞，陰風陣陣，鬼哭神號——

「張曉武！出來！出來——」

「把城隍印交出來！」

「張曉武，你躲在櫃子裡啊？快出來啊！」

「你老大俊毅很囂張嘛？你知道你們在底下有多討人厭嗎？」

「張曉武，快出來！」

「幹你老母喔，叫叫叫，叫魂喔——」

一聲大喝破窗咆哮劈來，窗邊瞬間倒下四、五個厲鬼。

「啊！」小奇透過衣櫃的縫隙，見到了那個穿窗殺進來的傢伙，就頂著一顆雄赳赳的剽悍牛頭，一對銅鈴大眼發出凶猛紅光，兩個鼻孔呼呼地噴氣，兩支尖角閃著銀光爍爍，背後的風衣飄揚大展。

阿武落地，左手接住了那自他前額滑下的紳士帽，隨手一拋，右拳轟隆擊出，將一個惡鬼打進了天花板裡。

「嘩——是牛頭超人啊！」小奇尖叫著，將整張臉趴在門縫上，企圖看見更多。美花、滿福、溫溫也都湊了上去，搶著門縫，想看到底誰是牛頭超人。

「阿武！」小歸使盡了吃奶的力氣，跳了起來，猛地揭開衣櫃拉門。

「哇！臭死人——」「嘔——」滿滿的鬼怪先是讓破窗殺入的阿武嚇了一跳，跟著又讓背後襲來的童子尿風臭得魂飛魄散。

「剛剛是誰一直叫我、一直叫我，我遠遠就聽見了，媽的！」阿武抽出甩棍，揪著鬼就打。「說啊、說啊、說啊！不敢承認啊，啊？誰叫我？我現在就來啦！」

「張曉武，你……你還沒復職啊，怎麼戴上牛頭面具了，你知道你這樣知法犯法嗎？你又要被罰啦，哈哈哈！」天爺遠遠在門外罵著。

「幹！」阿武氣憤吼叫：「我不戴牛頭面具怎麼趕得過來啊，我趕不過來怎麼救小歸和小孩子啊？我不戴牛頭面具，小孩子不就被你們玩死了嗎？」

「一邊是小孩子被你們玩死，一邊是我再被停職，你說我能選嗎？啊！」阿武氣憤大吼，一棍一棍打飛那些野鬼。「那些閻王會怎麼選我不知道；那些城隍會怎麼選我也不知道；但那個宋達會怎麼選我卻知道，我跟他選的絕不一樣，我選繼續放大假啦，幹你媽的——」

「牛頭超人，接著！」小奇怪叫一聲，朝阿武拋了個東西。

「哇幹！」阿武讓那東西砸在臉上，怪叫一聲，取下來一看，是片臭尿布，他氣急罵著：「是誰——」

「那是童子尿……」小奇見牛頭超人竟然沒能接住他的支援，不禁有些洩氣。「可以趕鬼……」

突然衣櫃裡轟隆作響，三條大影破門衝出，是馬面保弟和牛頭大強，以及城隍府裡的文書官，他們不久前才收到了芯愛代發的緊急指示，要他們別管規矩，用最快的速度走鬼門來救援小歸，那是俊毅在芯愛抵達會議、得知小歸和陽世孩子們受困時，透過芯愛下達的指示。

保弟和大強雙雙舉起一張黃紙，一張解除禁神令，一張是逐鬼令，那是俊毅的第二個指示，要文書官速速寫令，與保弟和大強會合。

「哇——」房間裡、外、二樓、三樓、四樓、五樓、一樓大廳、前院、後院那群聚的兩、三百隻惡鬼，全發出了哀號尖叫，他們只覺得頭痛欲裂，四周轟隆亂響，耳朵鼓脹，眼前一片花白，紛紛往各處的鬼門通道裡撤，一個個逃回陰間。

天爺撤退得晚，和一堆宋達派上來的惡鬼在後頭你推我擠，搶著逃回地下，被阿武揪住了後領，照著腦袋一陣暴打，打得暈死過去，這才被上了手銬。

「牛頭超人、牛頭超人！」小奇等孩子隨著阿武一路追下客廳，群起歡呼，但他們轉過頭，好大一片鬼怪已經無影無蹤，再轉頭，阿武等牛頭馬面也看不見了。

那喧囂吵嚷、打鬥叫罵的聲音，也漸漸止息。

並不是大家一下子全走了，只是保弟施咒遮了思文和孩子們的眼，他們不應該看見這麼多不屬於陽世的東西。

阿武正倚著樓梯，氣呼呼地指揮保弟和大強，將那些惡鬼全趕回陰間，他望著思文，又望了望思文手上的尿布，哼地一聲，向小歸抱怨：「她幹嘛拿尿布扔我？」

「童子尿嘛，退火啊。」小歸呵呵一笑，有氣無力地取出了解除擬人針的針筒，但看看四周金光閃閃，全是俊毅發出的逐鬼令的符力，只好暫且作罷。

思文站在二樓中段，呆愣愣地提著滿福的尿布，她本來想和阿武說聲謝謝的，聽見小歸的說話聲，趕緊回頭，說：「小歸，曉武大哥還在這裡嗎？」

「他啊，走了，妳想說他壞話嗎？儘管開口，我幫妳傳達。」小歸嘿嘿笑著說。

「啊，當然不是！」思文連連搖頭。「我想向他道謝，他是個好陰差、好牛頭！」

「嗯。」小歸點點頭。「這我不反對。」

「嘖嘖……」阿武提著天爺，本來已經走上樓，準備也從鬼門離去，聽見了思文這麼說，便回頭看了看，嘴裡還犯著嘀咕：「知道我是好男人，還拿尿布丟我，妳應該以身相許啊，妹妹！」他邊說，邊和保弟講起那些他在陽世的風流情史，說他在高中時，曾經爬進一個學妹房裡過了一夜，隔天被那學妹的老爸發現，將他從二樓扔出窗子的往事。

「像這種呆瓜妹啊，一見我就會愛上我，所以我不能讓她看見，快走快走！」阿武嘿嘿笑著，拎著天爺，和保弟走進了鬼門。

「小歸？」思文呆了呆，小歸也不見了。

小歸在保弟撤除了逐鬼令後，便解除了擬人針，跟著曉武緊急撤離，他雖然還想再和溫柔的思文多講兩句話，但思文提著尿布，那強烈的童子尿氣味，讓他不得不趕緊撤退。

「文文姊姊……他們呢？」

「鬼呢？小歸哥哥呢？牛頭超人呢？」

小奇等人奔了上來，拉著思文，不停不停地問。

「他們應該……回自己的家去了吧。」思文苦笑著搖了搖頭。四顧整個客廳，她發現屋內並沒有她想像中凌亂，只是自己和四個孩子身上全是尿臊味，還有張大姊的房間和那衣櫃……一想到該向張大姊解釋那衣櫃的氣味，不禁有些頭疼，只好對孩子們苦笑了笑，抱起溫溫，牽著滿福，向小奇和美花喊了一聲。

「文文姊姊先來幫大家洗澡好不好……」

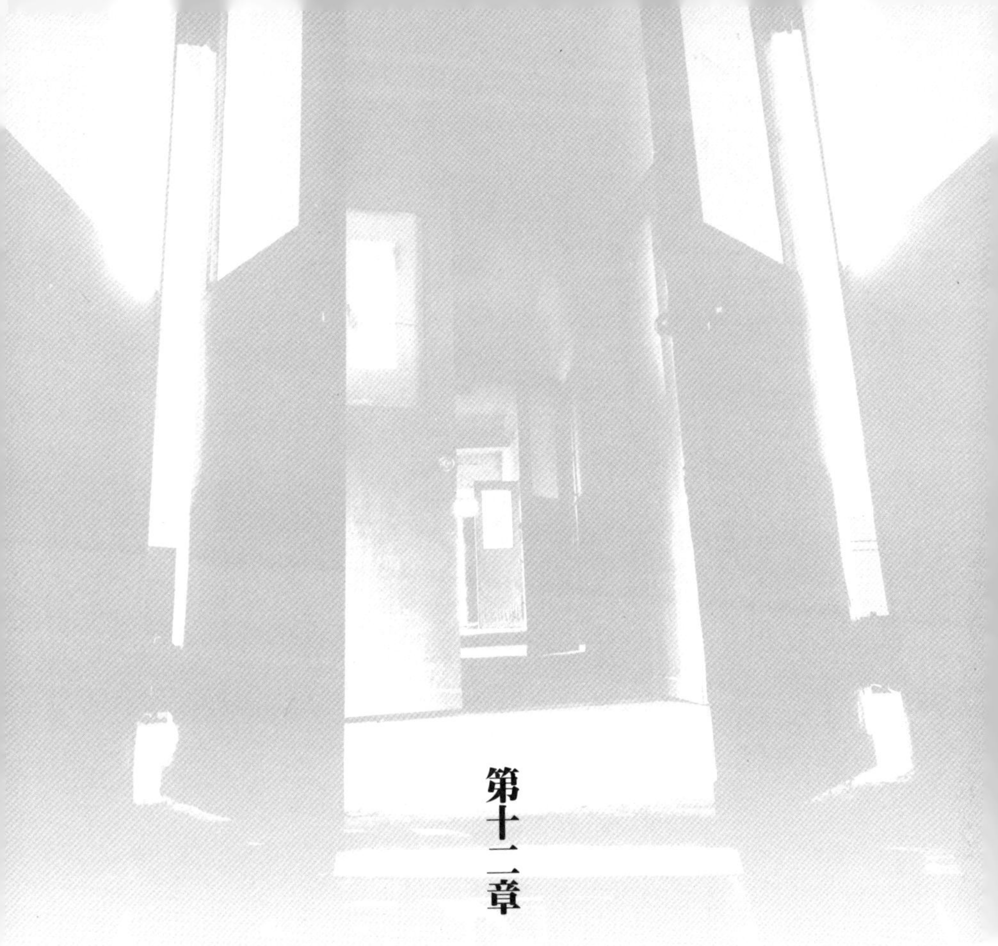

第十二章 眞的沒有偷尿尿

「為什麼那麼臭啦！」小奇憤怒吼著滿福：「一定是你，你這個尿尿鬼，你跑進我外婆的衣櫃尿尿——」

「……我沒有……」滿福哭得傷心，淚眼汪汪直搖頭。「小奇哥哥……我眞的沒有……」

「這明明就是你尿尿的味道……」美花捏著鼻子，提著那籃全是張大姊的衣服，有外套、襯衫、套裝，她和溫溫拖著那大籃子下樓。

「啊！明明是你的褲子！」小奇氣炸了。他從大衣櫃的角落翻出了滿福的小短褲，那是滿福昨天被嘍囉鬼們脫下了褲子，掛在腳上，被思文抱著躲入衣櫃時掉在裡頭的。

在滿福四歲的生命裡，再也沒有一次比現在更冤枉了，他光著屁股，跪在地上，上身趴伏在張大姊的床鋪上，淚如泉湧，嚎啕大哭。

他確實會亂尿尿，但他尿尿都會承認，不會不承認，他確實不記得自己曾經躲在張阿姨的衣櫃裡尿尿，他明明有包尿布，到底是誰偷了他的尿布，把他的尿弄得整個衣櫃都是？他不知道犯人是誰，也沒有人知道犯人是誰。

小奇罵得累了，在趴著大哭的滿福床邊坐下，淒慘地看著這空蕩蕩的大衣櫃，裡頭的衣服都被清空了，文文姊姊正愁眉苦臉地洗著衣服，離媽媽回來還有兩個禮拜，衣櫃裡這濃厚的尿味，該怎麼處理才好呢？

後院裡，思文將一件件反覆洗淨的衣物掛上曬衣繩，一旁的美花和溫溫，早已累得癱在一旁。那些衣服都是厚重的冬衣，浸濕之後，對三、四歲的小孩而言，可是相當重的東西，她們將最後一件大外套合力扛給思文之後，便再也沒有力氣了，兩個女孩靠在一起，呆愣愣地望著一株小樹下有隻蝴蝶正追著另一隻蝴蝶。

「閻王會議最後怎樣？宋達的下場咧？趙城隍呢？」小歸坐在樹梢，隨口問著。

「還不就那樣。」阿武嘿嘿冷笑幾聲，他和小歸都穿著遮陽裝扮，一面瞎扯，一面望著底下正在曬衣服的思文。「宋達確定是完了，他被閻羅殿通緝，躲起來了，所有城隍一致同意制裁這隻害群之馬面，黑白無常都出動了，我只能恭喜他了；至於趙城隍，還是穩得很；竇老仙，也沒事啦；一切像什麼事都沒發生過一樣。保弟他們比較衰，還要擦那宋達和臭婆娘的爛屁股，要把那些從五個鬼門偷渡的鬼全部抓回陰間，想起來就累。」

「啊你咧，你不會又被停職吧！他媽的，實在太黑暗！」小歸瞪大眼睛望著阿武。

「還好啦。」阿武聳聳肩。「本來還差四天復職，意思一下多停一個月，加起來一個月又四天，沒差啦……」

「眞冤枉……這樣沒薪水吧。」小歸搖搖頭，對閻王們的裁定不太服氣。

「隨便啦，吃你的、住你的就好了。」阿武打了個哈欠，說：「上頭要我們去把臭婆娘的房子搞爛，當作一點精神補償。」

「還可以這樣喔？」小歸有些訝異。

「臭婆娘和陰差勾結，搞爛一堆房子謀取私利，本來就應該接受制裁，閻王已經同意讓我們動手了，是幾個比較正直的閻王提議的，若是任那臭婆娘坐大，她有可能會成爲竇老仙的超級金主，我們要在這之前處理掉她——不是殺她，是弄爛她手上的房子，搞跑她的愛人，封印她的法術……」

「怎麼搞？她好歹也是個術士，會騙鬼耶。」小歸問。

「放心。」阿武從口袋裡取出一張符令，抖開，是個鬼頭，外頭框著一圈紅色方塊。「正港的禁神令，俊毅親手蓋章，絕對有效，你要不要去看熱鬧？走嘛，陪我去玩她啊……一個人鬧沒意思嘛……喂……」他見小歸呆愣愣地望著思文，便推了推他。

「幹嘛？你愛上她啦？」

「怎麼可能。」小歸望著思文，搖搖頭。「我只是把她當姊姊而已，我想起很久、很久……超級無敵久以前……我媽媽也那麼溫柔對我說話、餵我吃飯、哄我睡覺。」

「哇塞，好幸福喔，真羨慕呢——」阿武呵呵一笑，拉著小歸，轉向走。「我連我媽長啥樣子都不知道。走了啦！陪我去玩啦！」

「記得每天得來看看他們，孟婆調製的丸子效果不太穩定呢。」小歸這麼說。他們昨夜返回這兒一趟，餵食睡夢中的思文和四個孩子吞下了濃度極淡的孟婆丸子，那是陰差們在陽世碰到一些嚴重影響凡人生活的案子時，便會向孟婆討丸子，趁夜餵食那些凡人，免得人人都能叫出各地牛頭馬面的名字，喊得出哪個城隍收了黑錢、哪個判官使鬼害人。

阿武和小歸一致同意，思文和四個孩子們不應該記得牛頭、不應該記得惡鬼，他們應該快快樂樂地捉迷藏、念英文、吃點心，然後一天天長大、讀書、工作。

反正，來日方長。

總有一天能夠再見。

《陰間　捉迷藏》完

「幹，我們好像忘記把無毛從水塔帶出來耶。」

「對喔……不過現在大白天，接他出來會曬死他啦，晚上再說吧……讓他多游一下。」

「也好。」

後記

很久之前就想寫幼稚園或是保母帶小孩的故事了。

在很多很多年以前，我就讀一所叫作培元幼稚園的幼稚園，位在深坑萬順寮（差不多是現在的北深路三段那附近）馬路靠溪流的那一邊。後來似乎搬遷了。

經過了許多年，我對當時就讀幼稚園時的種種記憶早已支離破碎，歲月就像是張網子，反覆地瀝著那些往事，有些往事穿透了網目，墜落到你所不知道的角落，再也不會被憶起；也有些往事，頑強地在網目上彈跳著，無論如何也令人難以忘懷。

當然，人們總會希望能留在腦海裡的，是那些美好的往事，而不太好的往事，最好滾得越遠越好。

雖然往往事與願違。

這麼說來，或許我的幼稚園歲月是美好的、開心的，無憂無慮，所以我幾乎忘得差不多了，只剩下一些特別深刻的印象，還緊緊抓著歲月的網子，不屈不撓地懸吊在半空中，死也不放手。

如果閉上眼睛回憶，我能見到一些畫面、聽見一些聲音，甚至是嗅到一些氣味、嚐到一些味道。

例如大家聚在一間教室裡享用午餐，那不怎麼好吃也不怎麼好聞的肉燥氣味，還隱隱在我的鼻端盤旋；除了肉燥味外，我還記得那時候廉價橡皮擦那融合了橡膠和香水的古怪氣味，那個味道我倒還滿喜歡的。

例如那個女老師，雖然在那麼多年之後，我早已忘記她的長相，但在我那比取下了近視七百度的眼鏡看世界還要模糊的印象裡，她應該是個二十歲上下的清秀女孩。（雖然只是簡單的數學，但是我絲毫不想推算她這時的年紀……然而當我寫下上述兩句文字時，答案已經瞬間浮現在我的腦海裡了，只能說歲月是種異常恐怖的東西。）

當時的我異常頑劣，全世界恐怕只有我的二姨、外公和那位女老師願意包容我。

也因爲這樣，我到現在還記得那時候女老師在幼稚園水池邊，讓我躺在她的腿上，用黑色髮夾替我掏耳朵這件事（我還記得那時候老師幫我挖出了一塊大耳屎）；我也記得那時候我每天午睡時，一定要睡在老師身邊，在全班十幾二十個小鬼當中，那是我的專屬位置，沒有人能夠搶奪，我會用頑劣的行徑甚至動用武力來爭取那個位置（其實我沒有動用武力的印象，但我只記得那時候沒有其他小鬼跟我爭那個位置）。

但某一天來了一位轉學生，是個小女生，她搶了那個屬於我的位置，應該說，老師把那個位置給她了。我記得那時老師的說法是「小妹妹剛轉來，很害怕啊，讓老師多照顧她一下」之類的話。

於是我就睡到老師另一邊去了，雖然說還是在老師身邊，但老師是側睡，等於我被擠到老師的背後去了，看不到老師的臉，也沒有了溫暖的懷抱……我只記得那時候我採取的抗爭手段是哭和鬧，但我想我應該是沒有對那個小妹妹動用武力征討才對。

當然，這起午睡事件的後續我已經記不起來了，也許之後我抗爭成功，奪回了午睡聖地，因爲很開心所以忘掉了。

總之，那是個無憂無慮的年代。

我試著把某些情境寫進故事裡，故事裡的思文便是以當年那個女老師的模糊印象爲範本所寫出來的，又或許是因爲我對女老師的印象模糊，所以故事裡的思文，個性上也有些模糊，她是溫柔且具有責任感的女孩子；當然另一方面，我並不希望思文這個角色過於搶眼，那會讓另一個本來就戲分不多的新女性角色顯得失色，那就是芯愛。

說起芯愛，算是我滿期待的一個角色，這或許是一個會扭轉陰間系列予人印象的角色。在設定上，芯愛是個耿直的高中女生，且富正義感，比起阿武，芯愛更具有主動出擊的習性，且作裙裝打扮的女馬面實在相當有趣，當然，到底有多有趣，恐怕得等到新的陰間故事登場之後，大家才會體會得到了，時間我就不預告了，免得又食言而肥，我已經肥過頭了。

星子
2010.9

捉迷藏新版後記

「陰間」和「乩身」兩系列裡的一個潛設定，就是故事裡的時間流逝，接近眞實世界寫作時間，例如《黑廟》與《陰間》的寫作時間相隔約兩年，《黑廟》故事裡的時間，也差不多發生在另一個世界的兩年之後，這在當時其實只是一個無心插柳的結果——

「啊……要開始寫《陰間》續作囉，張曉武也當上牛頭囉，他當多久啦？嗯，《陰間》是兩年前寫的，那他當兩年牛頭好囉。」

當時差不多就是這樣的思考邏輯，也沒深想太多，直到開始寫《捉迷藏》時，才特別再次確認了前兩部故事的寫作時間，進而確定《捉迷藏》裡的發生時間點，《捉迷藏》離《黑廟》也約莫相隔兩年，這時故事裡的張曉武，便差不多是四年資歷了。

而在阿武變身牛頭超人的六年之後。

第六天魔王入侵東風市場、痛虐太子爺乩身韓杰，也是「陰間」姊妹系列「乩身」的起點。

這樣子設定最特別的一點，就是故事裡的角色，會緊緊隨著作者和讀者一同成長、一同變老，一同經歷許多生而爲人都會經歷過的喜怒哀樂和歲月的洗禮。

有朝一日，韓杰會不得不退居第二線，開始尋找接班人。

老爺子會走進納骨塔。

王書語會從黑長直美女變成大嬸。

陳亞衣也會變成大嬸。

橘貓將軍只有十幾年壽命……

不過——

張曉武甩尾停煞重型機車，縐巴巴的黑西裝迎風展開，摘下牛頭面撥了撥亂髮，得意洋洋地說：「幹你老師咧，老子永遠二十四歲啦！爽！安怎！」

2018/7/8寫於林口長庚醫院附近的旅館

星子

國家圖書館出版品預行編目資料

陰間：捉迷藏／星子著. -- 初版. -- 臺北市：
蓋亞文化, 2018.09
面； 公分. -- (星子故事書房)
ISBN 978-986-319-350-0(平裝)

857.7 107009121

星子故事書房 TS009

陰間〔捉迷藏〕

作　　者　星子（teensy）
封面設計　莊謹銘
主　　編　黃致雲
總 編 輯　沈育如
發 行 人　陳常智
出 版 社　蓋亞文化有限公司
地址：台北市103承德路二段75巷35號1樓
電話：02-2558-5438　傳真：02-2558-5439
電子信箱：gaea@gaeabooks.com.tw
投稿信箱：editor@gaeabooks.com.tw
郵撥帳號 19769541　戶名：蓋亞文化有限公司
法律顧問　宇達經貿法律事務所
總 經 銷　聯合發行股份有限公司
地址：新北市新店區寶橋路二三五巷六弄六號二樓
電話：02-2917-8022　傳真：02-2915-6275
港澳地區　一代匯集
地址：九龍旺角塘尾道64號龍駒企業大廈10樓B&D室
電話：+852-2783-8102　傳真：+852-2396-0050
初版三刷　2020年4月
定　　價　新台幣 240 元
Published and printed in Taiwan

ISBN 978-986-319-350-0

Gaea

Gaea

GAEA

Gaea